U0619539

相约名家·冰心奖获奖作家作品精选

高长梅　王培静／主编

月光下的猫

安庆　著

九州出版社 JIUZHOUPRESS｜全国百佳图书出版单位

图书在版编目(CIP)数据

月光下的猫 / 安庆著. -- 北京 : 九州出版社, 2013.5（2021.7 重印）

（相约名家 · 冰心奖获奖作家作品精选 / 高长梅, 王培静主编）

ISBN 978-7-5108-2083-0

Ⅰ. ①月… Ⅱ. ①安… Ⅲ. ①短篇小说 – 小说集 – 中国 – 当代 Ⅳ. ①I247.7

中国版本图书馆CIP数据核字（2013）第084305号

月光下的猫

作　　者　安　庆　著
出版发行　九州出版社
地　　址　北京市西城区阜外大街甲35号（100037）
发行电话　（010）68992190/3/5/6
网　　址　www.jiuzhoupress.com
电子信箱　jiuzhou@jiuzhoupress.com
印　　刷　北京一鑫印务有限责任公司
开　　本　710毫米×1000毫米　16开
印　　张　9.5
字　　数　136千字
版　　次　2013年5月第1版
印　　次　2021年7月第10次印刷
书　　号　ISBN 978-7-5108-2083-0
定　　价　36.00元

出版说明

冰心是我国现代文学史上著名的作家，她的儿童文学作品和散文在中国文学史上占有重要位置。

这里所说的“冰心奖”包括“冰心儿童文学艺术奖”和“冰心散文奖”。

“冰心儿童文学艺术奖”创立于1990年。创立以来，它由最初的单一儿童图书奖，发展为包括图书、新作、艺术、作文四个奖项的综合性大奖，旨在鼓励儿童文学作品的创作出版，发现、培养新作者，支持和鼓励儿童艺术普及教育的发展。其中，“冰心儿童文学新作奖”与“宋庆龄儿童文学奖”、“陈伯吹儿童文学奖”、“全国儿童文学奖”并称国内四大儿童文学奖。

“冰心散文奖”是一项具有权威的全国性的散文大奖。冰心生前曾是中国散文学会名誉会长，“冰心散文奖”是遵照其生前遗愿而设立的，旨在彰显我国散文创作的成就，不断评选出题材广泛、思想敏锐、着力表现现实生活，创作形式风格多样的优秀散文。“冰心散文奖”是与“茅盾文学奖”、“鲁迅文学奖”并列的我国文学界散文类最高奖项，也是中国目前中国散文单项评奖的最高奖。

《相约名家·冰心奖获奖作家作品精选》共收录近年来荣获“冰心儿童文学艺术奖”和“冰心散文奖”的三十位作家的作品。这些作品无论是小说还是散文，或抒写人间大爱，或展现美丽风光，或揭示生活哲理，或写实社会万象，从不同角度给青少年读者以十分有益的启迪。

随着中小学课程改革的深入与发展，让中小学生多读书、读好书早已成为共识。我社推出本套大型丛书，希冀为提升中国的基础教育、为青少年的健康成长尽一份力。

九州出版社

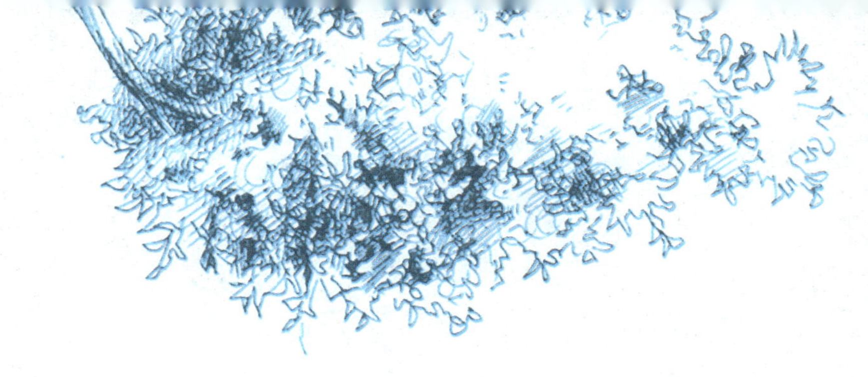

目录

CONTENTS

去了一次远方

现在，少年正走在一条大街上，手里的袋子装着三份盒饭。他朝两旁的大楼张望着，找着一座大楼的方向。他有些迷路了。

大街上，永远有过不完的汽车，每过一次马路，都要等几次机会。脚下的路面震动着，汽车散发的热气熏着他瘦小的身体，头顶上的太阳酷烈地晒着。他把袋子换到另一只手上，又一次朝楼上张望，找着那个宾馆的大楼。他记得的，从楼里出来，穿过马路，挤过人群，找到快餐店，就买了三份盒饭，怎么会迷路呢？他的眼前，是快车道和慢车道的交叉路口，他还在努力辨认，想他的两个同学已经在宾馆等急了，他摸了摸兜里的手机，想着是不是打过去？告诉自己在马路上的位置，让他们下楼。他最后没拿出手机，他相信自己能找到宾馆，这也是对自己的考验。不行，就问路口站着的警察。这一次，他又把自己否定了。不能，不！是不敢。那样说不清马上把自己和同学暴露了：电视上，逃学出来的孩子，都是警察发现，送回学校和当地的。他摸摸袋子，袋子里的热气胀出来，食品袋暖暖的，发软；一股盒饭的香气渗出来，刺激着他的胃口。他站在一棵路边的大树下，仰起头，看四周相似的大楼，墙体上挂满了广告，明星们的脸被挂得高高的。他在大楼和人流车辆的缝隙里，寻找着那个叫“友满楼”的宾馆。在城市的人流里，他孤独地站着，忽然有些腻烦了……

孩子叫肖成成，三天前，和陈小坤、杜家男一齐离开的学校。他们是文城某校六年级的学生，都十三岁。

星期四下午，学生都朝操场上集合，学校要开夏季运动会的动员会。操场上的天格外蓝，白云像海面的船帆。肖成成常常一个人坐在草坪上，想他乡村的家：村里有更宽敞的田野、天然的植物；还有爷爷、大伯、大娘、叔叔、婶婶，哥哥、姐姐，一大家人。他跟着爷爷到辽阔的地里去，守在沧河边看鱼，还摸着爷爷剃过的光头。爷爷给他烧豆豆、烧玉米穗儿吃。可那是他十岁以前的记忆，十岁以后，从小学三年级，他来了城里的这所半封闭的学校，他的父亲这一年调到了城里，他们在城里安了个家。母亲在农闲的时候，住在城里，村里很少回。每一次坐在草坪上，他会想起瓦塘南街，想起爷爷的光头，爷爷给他泼鸡蛋水喝。

可是，这个星期四的下午，肖成成，还有陈小坤、杜家男感到了异样。他们看见：他们新换的班主任薛老师一直在打电话，打电话！好像还说到他们某一个人的名字。三个孩子，神色严峻地看着薛老师，看着薛老师不断变换的神色、不断举起又放下的手势。猜测着：她为什么会说到自己的名字？是不是说到了自己的名字？刚才在给谁打电话？是不是某一个人的家长？是不是把前天晚上发生的事，对自己的父母说了？还有，今天的全校大会，会不会和自己有关？正如老师之前对他们的教训：要在大会上点他们的名字，还要他们在大会上做一个检查。

前天晚上，下了晚自习，肖成成又坐在操场上。晚风一阵阵刮过来，头顶上缀满了星星。他在想念原来的班主任赵老师，赵老师不知什么原因被换了下来，去教了另一个班。半年里，他们的班主任频繁地更换，换得他们心烦。私下里，放了学，同学们都在议论。陈小坤找到了肖成成，陈小坤和肖成成是好朋友。几年里，肖成成慢慢了解了陈小坤的经历：陈小坤的妈妈和爸爸离异了，陈小坤和妈妈一起，每周五都是陈小坤的妈妈来校门口接他。有一次，陈小坤的爸爸从做生意的东莞回来，请陈小坤吃饭，陈小坤把肖成成和杜家男也叫了去。吃了饭，陈小坤和父亲告别。陈小坤看着父亲的身影掉泪，肖成成拉紧了陈小坤的手。陈小坤忽然喊：“爸！爸——你什么时候还来看我？”陈小坤的爸爸又跑回来，父子俩抱在一起。从此，肖成成和陈小坤更好了，下了课或来操场上，两个人常常在一起。

这天晚上，来操场的还有杜家男。陈小坤忽然提议：“我们出去走走吧！”

“走走，去哪儿？”肖成成问。

“街上！”陈小坤说，“我有点饿了，出去吃点东西吧？”

杜家男说：“我们这是封闭学校，不让出去，也出不去！”

肖成成说：“对，几年了，我们可没有出去过一次。”

陈小坤说：“你们真愿意陪我出去吗？我有办法！”

“怎样出去？”杜家男问。

“我看好了！”

“吃饭，你有钱吗？”杜家男提出了一个问题。

“有！”陈小坤掏出了一个皮夹子。肖成成那次看见过他父亲给陈小坤钱。

肖成成一直不说话。

陈小坤只好来求肖成成了。他扳着肖成成的肩膀，说：“成成，我们出去一次吧，我真的饿了，就这一次。”

肖成成摇摇头，说：“不，不能这样！”

杜家男站着，他在想着，如果肖成成出去，他就和两个人做个伴。

陈小坤在继续做着肖成成的工作。

肖成成到底答应了。

那天晚上，他们去了网吧。

他们是随着下晚自习的中学生混出来的。肖成成的手被陈小坤牵着，好像唯恐肖成成再有动摇。如果肖成成不出去，杜家男肯定不会和他出去的，这一点他看得出来，即使在日常的生活里，陈小坤都是个非常敏感的孩子。

陈小坤观察过：大哥哥、大姐姐蜂拥而出的时候，是可以混出去的。这时候，保安的眼睛顾不过来，之前，有过混出去的学生。有一次他就站在大门里边的榆树下，大榆树下是一片灯光的阴影，看着一拨拨儿哥哥姐姐们出了大门，走向温暖的家，他想妈妈了。每一次，想妈妈的时候，他几乎都是站在大榆树下，想象着自己也可以像鱼一样游出去，盼着自己长大，上了中学就自由了，和大哥哥、大姐姐一样自由地回家，和亲人团聚。他的家并不远，就在县城，之所以上了这所封闭学校，是从父母的僵持开始的，谁也没心把精力放在自己的身上，常常为生活中的一点小事寸步不让。最后，他跟了母亲。父亲去了远方，一年难得地回来一次。上一次，是个例外。

每到星期五是回家的日子，这一天陈小坤特别想家，不，是从星期四就开始想家了。下了学回到寝室，他提前一天在准备回家要带的东西：书本、该换洗的衣物。星期四，他常到这棵大榆树下，张望着大榆树：要是有一片树叶飞下来，变成一只船，不，变成一个小飞行物，自己就可以飞过学校的大门，滑过学校的院墙。

他混出过一次：随一个大哥哥的身影，拽着大哥哥的自行车。大哥哥注意到他了，出了门，大哥哥叫住他，对他说："你没事吧，需要我帮忙吗？"他摇摇头，有些迷惘。大哥哥说："你是不是饿了？饿了，我去给你买东西吃！吃了，你赶紧回去，要守纪律。"

大哥哥戴着眼镜，扶着自行车，非常诚恳地看着陈小坤。陈小坤的眼前是一条古老的街巷，街巷里格外静。大哥哥还在劝他，说："回去吧！啊，小弟弟！"说着，大哥哥变戏法似的拿出来一个面包，递到他的手里。"回去吧，这样不好，不安全！"他又抬头看着慈祥的大哥哥，大哥哥推着他，似往一片湖里推一只小船，推一只泅水的鸭子。

他瞅准一个机会，趁着又一窝人流，回到了校园。

他抓着肖成成，还有身后的杜家男，往大榆树的阴影里带。他鼓励自己，要带肖成成出去一次，既然走到了接近出去的地方。又一拨儿人流，下学的高峰。他拽住肖成成，身后紧跟着杜家男……

本来不去网吧的，可他们回不去了。

事情就这样出来了，查寝室时，被发现了。第二天早晨，在他们想趁着早自习的人流混进学校时，被保安抓住了。接下来的流程不难想象，老师、主任、寝室长不断地审问。他们出去的事情，马上在班上、在学校公开了。

操场上站满了纵队。

小学部和初中部都集中在草坪上。肖成成感到了更多的目光，针蜇一样，草坪上的草也变成了针尖，从脚底下摁出来，穿破了脚底。他下意识地看着脚上的白色网球鞋。薛老师的手机还在不断地举起放下，声音隐隐约约，听不清楚。陈小坤越过两三个同学站到了自己的位置，杜家男也过来了。陈小坤拉住肖成成的手。

陈小坤小声告诉肖成成："成成，学校要点我们的名字，这一下我们出名了。"

肖成成摇摇头："不会！"

陈小坤悄悄示意肖成成："你看薛老师，是不是和我们的家长联系了？"

肖成成沉默了，因为昨天，薛老师又向他们证实过家长的电话。而且陈小坤告诉薛老师："我爸爸在很远的地方，你不要和他联系！"

薛老师说："我记你妈的电话。"

陈小坤说："薛老师，不要和我们的家长联系，我们再做一次保证！"

肖成成和杜家男也说："薛老师，我们保证！"

杜家男往两个人身边靠了靠，说："我们不是保证一定会改正了吗？"

陈小坤叹了口气，说："学校要拿我们做典型，其他班听说也有出去的。"

肖成成抬了抬身子，身上痒起来，脚底下蜇得更厉害。

他们看见，学校的领导走向了主席台。

三个孩子跑了。薛老师在操场上点名时发现的。

肖成成回到了宾馆。他在大楼的阴影下拼命寻找方向时，看见了陈小坤和杜家男。陈小坤说："成成，我们以为把你丢了。"

他们住进这家宾馆是三天前。

那天离开操场，他们迅速地来到文城的车站，陈小坤好像胸有成竹地说："我们先到牧城，然后去火车站买票，到那个景点最多的城市。"景点最多的城市，这些都是从电视上看到的。

陈小坤说："你们陪我，我去取钱。"

"取钱？"

"对，没有钱我们能去哪儿？"

肖成成这才想起钱的问题。

陈小坤从包里找出了几张卡，拿出了其中的一张。他们是在汽车站附近的邮政储蓄点里取的，直到钻进取款机前，陈小坤下了通牒："你们出去，离我远点！我要按密码取钱。"看陈小坤一连取了几次钱，肖成成有些疑惑：陈小坤为什么能取这么多钱，而且，手里还有几张卡。

陈小坤说："走吧！"

陈小坤把卡和钱都装到了包里。

肖成成问："陈小坤，你怎么有那么多钱？"

陈小坤拽住肖成成，说："我们走吧。"

"陈小坤，你为什么会有那么多钱？"

"我拿了卡。"

"你为什么有那么多钱？"肖成成还问。

“我妈的钱。”陈小坤拽着肖成成和杜家男上了到牧城的车。

他们直奔牧城的火车站。

天色在渐渐暗淡，陈小坤拽住他身上的包带，勇敢地走在最前头。还好，下午五点多钟的光景，售票窗口并没有排起让人害怕的长队。陈小坤站在队列里，肖成成和杜家男跟着他按队列的顺序往前行走。“我们买去洛阳的还是去郑州的？”在来到火车站之前，陈小坤就一直在问。他们热烈地讨论过洛阳的景点：洛阳的牡丹、龙门石窟、白马寺……可是，郑州是他们的省城，这一点他们是知道的，有博物院、动物园、水上乐园……眼看快到窗口了，陈小坤的钱捏在手里出了汗，又问了一句：“郑州还是洛阳？”

“洛阳！”肖成成这一次没有犹豫，斩钉截铁！肖成成喜欢历史，他知道洛阳是九朝古都。

三张到洛阳的票，当天的竟然有，晚上九点的火车。

拿了票，他们坐在长长又孤寂的候车室里。肖成成安静地坐在两个人的外边，观察着候车室的场景，从进口处不断有扛着包裹的旅客走进来。肖成成在人流中忽然看见一个熟悉的身影，他警觉地站起来，把身子朝人多的地方侧了侧，又走到一个廊柱旁边。仔细看去，原来是一场虚惊，那个人，太像经常出外打工的舅舅了。舅舅是个酒鬼，每次去他们家都要酒喝，喝得高高的，说着醉话回去。喝醉了还喜欢摸他的头，说：“成成，你将来准备上哪个大学？”肖成成抹掉头上的汗，看着陈小坤和杜家男，都歪倒在长椅上。他坐回长椅，面前又多了几个包裹，几只脚搁在包裹上；一个女人，和妈妈的年龄差不多，头枕在包裹上打瞌睡，长头发盖住了她的额头。肖成成想起明天是星期五，妈妈会在门口等他。妈妈喜欢倚在沙发上看电视，看得睡着了，像躺在包裹上的女人。肖成成想：明天，是回不了家了。看看书包，那件白色“361°”外衣已经脏了。通常，星期五回去，母亲最先洗的就是这件，白色的不耐脏，妈会多泡一泡洗净了，晾在阳台上。成成跟妈来到阳台，听衣裳里的水滴答滴答落在下边的盆子里，一声压一声地脆。这种声音，是搬到城里住才出现的，在村里住时，洗好的衣服晒在院里的一条长绳子上，衣裳上的水落在地上不出声音，打出的是一个个小坑。母亲起初在阳台上晾衣裳不习惯，嫌干得太慢，说："这怎么叫晒衣裳呢？"母亲看着衣裳不能直接见到阳光，就像庄稼蒙上了一层雾气。所以母亲是怕他的衣服干得慢，周五一回家就把衣服给他洗了。

候车室的光线暗下来，外边的天大概越来越暗了。他抬头看一眼墙上的表，是下午的六点半钟，离九点钟的火车还有两个多小时。陈小坤和杜家男倚着椅子坐着，肖成成想着两个多小时的光阴怎么打发。父亲已经下班了，或许父亲的手里又夹了一本新书。父亲总是往家里买很多的书，父亲除了上班、吃饭，就沉浸在他书本的世界里，这让自己也养成了看书、爱书的习惯。他让父亲买的一本《哈里·波特》还没有看完。

陈小坤推醒了杜家男，又推醒了肖成成。肖成成说："我根本没有瞌睡，你说吧！"

陈小坤说："还有两小时，走，我们出去。"

"去干啥？"肖成成拽住陈小坤。

陈小坤看着身旁一个个举起的手机。陈小坤说："我们得有联系的方式。"

肖成成听出了他的意思。

"可是我和杜家男都没带钱。"肖成成说。

"走吧！"陈小坤一手拽住一个人，很义气。

三个孩子就在火车站附近的营业厅把手机买了。还不错，老板没有让他们买价格贵的，向他们推荐了比较实惠的一款。他们又一人买了一个大双肩包，钱都是陈小坤出的。陈小坤出手的大方让肖成成和杜家男吃惊。肖成成把手机拿在手里，三个人的号码彼此一打，都通了。他惊奇地站着，觉得他们的行踪像一部电视剧中的情节。肖成成提出一个问题："我们以后是还你手机，还是还你钱啊？"

陈小坤想了想，说："当然是还钱了，我一个人用那么多手机干吗？"

杜家男把手机往陈小坤手里塞，说："我怎么还你这么多钱啊，我爹妈从来不会给我这么多钱的，我不用！"

陈小坤一愣，又把手机给了杜家男，说："你不用可以，万一我们走散了怎么办？先拿着，手机的事情以后再说。"

"那我们回去，把手机给你，就不用以后再说了。"

陈小坤把一只手揣到衣兜里，说："杜家男，你……"

肖成成说："那，还有我呢？"

陈小坤说："你怎么了？"

肖成成说："我也还你手机！"

陈小坤有点不高兴，他忍住气，走动了几步，说："这事儿咱现在不说！"

杜家男说："不说不行，得说好了，我回去就还你手机。"

陈小坤瞥一眼杜家男："好好好，回去还我手机，行了吧？"

肖成成也赶忙说："我和杜家男一样，我回家也不用手机。"

陈小坤扬扬手，说："好好好，我回家用三个手机。"

他们在牧城的火车站广场上站着，买手机、提包，只用了半小时的时间，还有一个多小时怎么打发。要是在学校，那么多同学在一起，打打闹闹，在操场上打球、踢球，就该往教室去了。等火车的时间怎么这么长呢？

陈小坤看见了一家餐厅。

陈小坤带头往餐厅走。

可是从餐厅出来，时间还有一小时，陈小坤说："我们吃饭太快了。"

肖成成说："可我们怎么也吃不了一个多小时啊！"

广场上终于亮起了霓虹灯，太阳落下去了，时间一分一秒其实也过得挺快。他们扛着新包，装着新手机，回了候车室。

本来买的是去洛阳的票，半路上，他们改变了主意。陈小坤提议说："到洛阳更晚了，干脆从郑州下车吧！"

杜家男看了看车票，说："那我们不是亏了？"

陈小坤说："下就下了。"

他们在火车上实际上是坐了一个多小时。没有座位，三个人站在车门口。陈小坤站不住，从这节车厢走到另一节车厢，本来没有尿，但进了两次厕所。他说，我还没有在火车上尿过呢，坐过一次，不知道火车上可以尿。陈小坤这样一说，肖成成和杜家男也进了一次厕所，在火车上尿了一泡。

肖成成站在窗前。

"父亲该来了！"他突然冒出这样的想法。他看着楼下，楼下是比森林还密集的人群。如果父亲过来，会挡住父亲的目光。他记得一个词：人海茫茫。原来说的是这样的地方。他在人群里搜索，看能不能找到熟悉的身影，父亲黧黑的面孔，自己一眼能认得出来。

肖成成望着楼下的人流，在人头攒动中寻找。父亲走路，一只手喜欢摸自己的肩膀，他在人流里找着手搭在肩膀上的身影。楼下的人流像一道河，一个旋涡、一个旋涡地就流过去了，在这样的人流里找自己的亲人很难。肖成成想，我刚才可能就从自己亲人的眼皮子底下溜过去了。其实，他在刚才出去买盒饭的时候，故意把脚步走得很慢，往人少的、目标好找的地方去。那样，如果家里人幸好来找，目标明确，容易看见。从出来的第二天起，肖成成就自告奋勇，担负起上街买东西的任务，实际上，他有了一种私念，每次出去他都故意往目标明确的地方站站，尽量在街上多待一会儿，把时间往长里拉，想让家里人尽快地找到自己。

他从窗口俯瞰着，也许可以先看到母亲的身影。母亲的腿略有残疾，是他偶然发现的：那一次，母亲到学校来，学校要缴一种费用，他在教学楼上目送母亲离开，就在他要回头时，发现了母亲走路的姿势有点不对，一只脚像被石子摁了，脚后跟朝上踮。他一直看，一直看着，直到上课铃响起。周末回家，他又看母亲走路，母亲的脚跟还是有些颠。他终于问了母亲，母亲脱下鞋，让他看自己的左脚，左脚的后跟凹进去很深，整个脚是弯曲的，比正常的脚小了一些，脚趾也弯曲着。他摸着母亲的脚，不说话，第一次对母亲心疼。现在，他想在人流里找到那一双脚、那不平衡的身影。身后的陈小坤和杜家男吃完了盒饭，在看电视。陈小坤又要去洗澡。这两天，陈小坤一直把自己泡在浴池里，一直泡，反复地洗，还让杜家男把电视的声音放大，他在浴缸里听。

第一天晚上，他们从省城下了火车，竟然很顺利地住进了旅馆，只是简单地问了几句，顺利得让人意外。而且住下来后，除了催缴房费，没有其他人问过他们。肖成成之前的畏怯，对住进旅馆困难的想象，被旅馆的冷漠打得烟消云散。一切的担忧，已经证明是多余了。

肖成成的手机用的已经是第二张卡了。那是出来的第二天早晨，肖成成背着陈小坤，给母亲的手机上发了一条短信：妈，我是成成，我很安全，你放心。就在短信发出的半分钟后，肖成成的手机响起来，肖成成的第一反应，看到是母亲打过来的，他已经把母亲的号码存到了手机上。陈小坤反应及时地摁住了肖成成，不让肖成成接电话，眼珠圆圆地瞪着，说：“不能接！不接！一接我们就暴露了。”陈小坤把关闭键摁了。可只停留了一瞬间，手机又在桌上跳动起来，还是母亲的电话！陈小坤先把肖成成的手机抓在了手里，又挂掉了。这一回，手机停顿了一会儿，接下来蹦出的是一条短信：成成，你在哪儿？注意安全，全家人都盼你回来！这是父亲发来的。

屋子里沉默着。没等手机再响，没等后边的短信再传过来，陈小坤把手机关了。接下来，陈小坤把手机盖打开，抠出了肖成成手机里的卡。手一挥，卡飞到了窗外。待肖成成跑到窗前，小小的卡米粒一样融进了城市的夜色。

肖成成扭回头，和陈小坤对峙着。他同时把手机摔到了床上。陈小坤做错事似的看一眼肖成成，低下头。沉默了几分钟，陈小坤抓住肖成成的手，说：“成成，我，对不起，我们得先保密，先不要和家里联系，玩几天，我们再说回去。”

陈小坤接着说：“成成，一会儿，我下去再给你买一张新卡！”

“不要！”肖成成斩钉截铁。

“我一定给你买！没卡，手机没法打。”

“我不打！”肖成成赌气地头枕着手躺在床上。陈小坤不再惹肖成成，对杜家男说：“我们把手机都关了！”

陈小坤求了肖成成，他看着肖成成，说：“我们出来了，就玩个尽兴。成成，我知道你爱学习，我们尽量不耽误时间，我们回去后好好学，这几天你听我的，咱回去了，我听你的。其实，我也想妈，我知道，我妈自己带我不容易。”

陈小坤突然停下了说话，想起他妈是在一个有病的夜晚告诉了他几个卡的密码的。那一天是个下雪天，妈上楼，气喘吁吁，捂着胸口。后来，妈说：“小坤，你和我到医院去一趟。”到了医院母亲躺在病床上输液，稳定下来了，原来妈是和几个男人在一块喝酒，被多灌了几杯。就是那一次，妈对他说了密码，拉住他的手，说：“小坤，你爸不管咱了，你就是咱家的男子汉，有些事我让你知道。”

陈小坤说：“就是我妈有病那天，把密码告诉我的。”

三个人都沉默了。

肖成成过来，坐在陈小坤对面，说：“钱，我们将来还你！”

陈小坤站起来，走到窗前，又转回身，说：“我们再玩几天，谁也不能当叛徒。”

“叛徒”，那是电视、电影中的人物，现在用到了他们身上。

肖成成妥协了。到省城的第二天，他们去看了动物园，晚上去吃了一顿肯德基，就在立交桥下的那个肯德基店。他没有想到，他的父亲和母亲曾经在立交桥上，看着肯德基犹豫过。可他们之中有一个家长不相信会在肯德基店出现奇迹，机会就如此错过了。

肖成成变得越来越沉默。没事的时候看电视，站在窗前，看着楼下繁忙的人流。他有些失望：几天来，他担负采购的任务，一直没能如愿地暴露自己的目标；就在上一次出来买东西的时候，他还故意地错过一次过马路的机会。

他被从梦里叫醒了几次。陈小坤鄙夷地看着他，说：“肖成成，你意志不坚强，将来干不成大事。”肖成成揉揉眼：“去你的，我什么意志不坚强。”他又梦见了爷爷，爷爷的头剃得光光的，带着他往村外的河边去，他搂住爷爷的脖子，让爷爷弯下腰，小指头在爷爷光头上弹了几下。他又一次醒了。

终于，第四天，他们开始犹豫了。

这是肖成成在起作用，肖成成不多话，但时不时地会迸出一句：“陈小坤，你真的不想你妈吗？”

陈小坤不回答。

肖成成说：“你妈这么信任你，把这么多钱的卡都给你，密码都告诉你，你妈不知道现在多着急。”

肖成成看着陈小坤：“你妈一个人带你，真不容易。”

陈小坤又换了一个频道，他摁着遥控器，一直摁频道。

肖成成对杜家男说：“杜家男，你想不想家？”

杜家男性格内向，话不多，平时在班里也不多说话，听肖成成问，低着头，憨憨地笑笑。

“杜家男，你爸在城里打工，有一次给你送东西，我看见了，你上一次不是没回家就住在你爸打工的地方吗？”

杜家男记忆里出现一个工棚。

肖成成又问了一句：“杜家男，你妹妹多大了？”

“五岁！”这一次杜家男回答。

“你妈说不定正带着你妹妹在找我们。”

杜家男忽然扭过头，把头抵到了被子上。

陈小坤冲过来，摁住肖成成的脖子，叫嚷着："肖成成，你别说了！"

可肖成成还在说，等房间里平静下来，肖成成说："我看过一句话，越是危险的地方，越是安全。"

在离开省城前，他们去一个网吧，看了他们的QQ空间。他们的空间塞满了同学的留言：几乎每个同学都给他们留了话，在等他们回来，等他们回到学校。还有几个，本来说过要和他们一齐出来的，在向他们道歉，说："如果是假期，一定和他们做伴。"

他们分别看到父母的留言。肖成成的父亲在空间里和他谈话，说到了院子外边的冬青，说："成成，记得我们刚搬到城里住，有一天你故意藏起来，让我找，原来你就藏在咱街门口的冬青里。现在，我每次回家，都去冬青那儿找你，我多么希望你再从冬青旁钻出来，喊着我和你妈妈啊……"

肖成成看得眼里含满了泪花。

陈小坤从空间里看到，他爸爸专门从东莞回来了。陈小坤的妈妈在空间里告诉他们："孩子们，其实我们知道你们在省城里，我们已经知道你们的手机号码，在公安局立过案，但省城太大了，学校和我们在省城找了三天了……"

杜家男没有想到，平常不爱说话的他，会有那么多同学给他留言。还有一个来自邻村的女同学说："我们是老乡，有时坐一班车回家，你话不多，但很懂事，有座位时让给我坐，让我感动。我们从农村出来上学，大人对我们期望很大！你学习好，回来了，好好地珍惜最后两个月，你会考一个好中学……"

三个人出来，站在都市的阳光下，梧桐树把阳光切割出一条条碎线，快速斑驳的车辆驮动着城市的阳光。陈小坤领着两个人，走向天桥下的一家小餐厅。肖成成朝天桥上仰望，人流在天桥上流动，女人的彩衣像一群蜻蜓，在桥上飞翔。肖成成站定，朝天桥、朝身后的楼群望着，像在和城市作一次壮别。直到杜家男跑过来，才把他拽醒。

这天傍晚，三个小身影向着回去的方向出发了。

在果园小区的南口下车后，是一条长满了榆树、桐树、杨树的林荫小路。肖成成没入树影遮掩的小路，站在了那片冬青后边。目光透过冬青，看到了他家的窗口。那个窗口，是他周末回来首先要仰望的地方，那儿的明亮，代表了这个城市的眼睛，蕴藏了所有的亲情。这个方向可以看见进入楼口的大门，正好可以看到他家的窗口：四单元四楼西户。

陈小坤和杜家男住到了一家旅馆，他们不敢回家，也不敢直接到学校去。陈小坤到了房间又在洗澡、洗澡！在浴池的雾气里泡着。陈小坤从雾气里出来，和肖成成、杜家男说："我们今天去网吧玩一个通宵，玩痛快了，再说回家、回学校的事！"

杜家男说："我们怎么回家？"

陈小坤说："回家还不容易吗，你这个笨蛋！"

肖成成又在窗前站着，扭回头："陈小坤，你不要骂杜家男笨蛋，杜家男学习比我们俩都好。"

陈小坤不再说话，又回到浴缸。

后来杜家男也去浴缸里泡了，和陈小坤一人占着一头，把浴缸里搅满泡沫。杜家男在走向浴池时问肖成成："成成，你不洗吗？"

肖成成还在望着窗外："你去洗吧！"杜家男扳住肖成成的肩膀，看一眼浴室的门，悄声问："成成，是不是想回家了？"又抓了抓肖成成的肩头，说："我支持你！"

肖成成看着杜家男："杜家男，说实话，你不想回家吗？"

"想！"杜家男说。

"想回学校吗？"

"想！"杜家男说，"你走吧，我们三个人出来，总得留一个和陈小坤做伴，不能把一个人丢下，要不就是我们三个人都回。"

肖成成握住杜家男的手。

握了一会儿，肖成成说："如果我回家了，你们别动，我回去给陈小坤他妈打电话，或者让我爸我妈给你家和陈小坤家消息，那样，他们会找到你们，我们还一齐回学校去，好不好？"

杜家男想了想，说："好，这样好。"

杜家男说："那我去洗澡了。"

"去吧！"

天傍黑时，肖成成下了一次楼，在他们还洗澡时，他下楼去买了一些吃的。他站在小城的大街上，感觉生疏了，朝着通向学校的路上望，有了一层愧疚和想念。他把东西放在了房间里，打开卫生间的门，雾气腾腾的，杜家男和陈小坤无聊地泡在浴缸里。陈小坤说："你不洗吗？"

"不洗！"

肖成成尿了一泡，离开了旅馆。

冬青上是斑驳的灯光。不知过了多长时间，肖成成在冬青旁睡着了。等他从梦里醒来，夜已经深了。他在梦里流了泪，父亲和母亲去了很远的地方找他，把他丢在了牧城，他回不了家，见不到爸爸妈妈了。他走出冬青，急急地朝院子里走，可大门锁上了。他又急急地寻找着窗口的灯光，依然看见自己家黑黑的。他不知道该怎么办，他坐在门口的一块石板上，想着，就在门口等，父亲和母亲一定会回家的。后来，他又藏到了冬青后，不知过了多长的时间，迷迷糊糊地睡着了。懵懵懂懂地醒来时，他听见了疲惫的脚步声，而且，脚步朝大门走来。他紧张地站起来，啊，竟然是父亲和母亲。父亲的手里是一串亮亮的钥匙。他简直要喊了，他的心咚咚地跳起来，嘴张了几张，喊不出来，好像陌生了。他的两眼憋出了泪花，目光蒙眬起来。他怕父亲打开门，再把他关在门外。就在这时，父亲突然转身，他拉住了母亲，说："不对，我觉得不对！"

"什么不对，你说什么不对？"母亲的声音嘶哑了。

“我特别心慌，不对，有什么事！成成可能要回来了。”他拉紧妻子的手，“不对，有事儿，成成要回来了！”父亲捂着胸口。

肖成成听到了。他颤抖着，手紧紧拽着手边的冬青，叶子被他拽掉了一片。他看到母亲也紧张地捂住胸口，对父亲说：“在哪儿，在哪儿啊，我这心也跳得厉害！不一样！你说他回来了，在哪儿？”

父亲朝来路上望着。

终于，父亲走向了冬青，走近了路边的冬青。冬青在夜风里晃动，灯光一时强一时弱地照过来，一束车灯射过，成成赶忙把身子朝低处缩了缩。车灯穿过去了，冬青上掠过被车灯照过的阴影，冬青的缝隙里照进许多条橙色的碎光，像小萤火，在冬青里跳跃，闪过，又暗下来。肖成成悄悄地往上抬着身子，差一点和父亲的目光相撞，他的身体颤抖起来。父亲丢下了母亲的手，着急地朝冬青蹚进来，拨拉着冬青，在冬青丛里找，低低地喊着：“成成，成成……”

母亲踩进了冬青，一个趔趄，险些被冬青绊倒，在喊着：“成成，成成……”

父亲要拨拉住自己了，母亲急急地跟着父亲在冬青里找，两个人拨拉冬青，喊声愈来愈大：“成成，成成……”

成成没有答应，没有！成成用哭声代表了他的回答——成成终于“哇”的一声哭了，哭了。

成成看见一双温暖的大手，两双温暖的大手……

儿子

一

沧河湾的夜幕又徐徐拉开，安骆的眼前是一座坟墓。安骆每次回家一定要选择一个夜晚来母亲的墓前，夜色中的脚步一截截清晰；夜幕中的大地、大地上的生物，从他的身旁向后移动，夜的温馨正弥漫全身。通常的习惯这里被叫作河西，其实是城堡的南地。麦苗儿沙沙响着，风贴着地面在麦垄间穿行，风尖儿像一溜儿排队行走的小鼠。他坐着，而后他听见了轻微的水声，河床不宽，而且每到雨季河床淤积得厉害。但沧河是岸边农户最亲近的一条河，所以每年汛期一过，会不约而同地清一次淤，河又很快地宽起来，深起来，清澈起来。安骆每年都选择一个夜晚，刷刷地往坟地去，燃一炷香或几刀纸，香火和天上的星光接连着，他看见母亲在夜墓里静静地坐着和他一样瞅着香火，香火正一星一点地烧下去，母亲抬起手撩起额上的白发，目光深邃。他闭着眼，看另一个世界上的人是要把眼闭上的，感觉全在心里，在燃烧的意识中。母亲的目光让他知道母亲每年都在等他，他会忽然慌乱非常固执地从打工的地方踏上归途，不管打工的地方有多远。

一次喝了酒，情不自禁地来了坟上，对母亲一丝一毫的思念都一嘟噜一嘟噜地上来，蝌蚪浮水似的往他的心眼儿里钻。他滔滔不绝地向母亲诉说着。他说：我现在在牧城的一所中学，做一个语文教师，也写些文章，文章渐渐地都发表了。说到这里他从衣兜里掏出了几张报纸，刚才他燃的纸灰还在飞，还在扇动着黑色的翅膀，还在闪烁星火，他把文章一张一张地抻开：《那一年我有了一辆自行车》。他说：妈，那一年我高中毕业去城里参加一个函授中文的学习，因为家里没有自行车，我每一次都是在晚上听完课步行回家，沿着九弯河的大堤，我浑身充满劲头，夜色又冷又沉，那时候你已经疾病缠身，可我每次回家你都在灯下等我，更多的时候你拄着拐杖站在胡同口，还有一次我回来的迟，你一直走到村口，过了城堡的地界又到了青塘，你站在九弯河的桥上，寒风吹着你瘦弱的身体……他一边说着一边像已经哭了，像在背着文章的内容：后来，三叔收到一封信和寄去的一百块钱，信是托人写的，信中说，给这个有志气的孩子买一辆自行车吧！我就是那一年有了一辆车，妈，我知道是你暗地求了在济州的三叔……他把《那一年我有了一辆自行车》用火点了，纸片长了翅膀袅袅地从墓前飘起来。他又拿出了另一张报纸，是那篇《三巴掌》。妈，那一年高中毕业我去济州打工，在林州的一个打工队，可是我受不了起早贪黑的劳累，我十七岁的肩膀累得又酸又疼，我悄悄地扛着包裹回到了家，我回到家时已是黄昏，听见树上的斑鸠咕咕地叫，奶奶楼顶上的鸽子围着我绕圈儿，我的眼泪“哗”地下来了。你用带病的手扇了我一巴掌，痛痛地对我说，你怎么能当逃兵呢，你怎么经不住一点苦一点累呢，你才十七岁，你人生的路多么长啊。你的手颤抖着，你又含泪说，儿，能受苦的孩子才有出息啊！第三天，我又卷着铺盖进了城里的另一个建筑队。妈，你打我的第二巴掌是那年秋天我回家浇地，我只顾看书，地头的电机坏了都不知道……你打了我，我心疼地看着您的手，您说，孩子啊，我不埋怨你看书，但是做事不能三心二意啊……妈，第三巴掌是那一年……妈，您的三巴掌让儿子懂事儿长了志气。趁着发红的灰烬他又把这张报纸点了，报纸在燃烧中卷成大片的纸筒，然后又徐徐地着起来……他又掏出了一张，是一篇《母亲的遗言》。母亲走得早，走那一年还不到五十岁，他对母亲说：娘，我听你的话，我没有喝酒，我不会因酒误事，让酒伤身。娘，我记得你最后的那句话：儿，以后别再喝酒了！……他诉说着，他说：我现在的那个私立学校，有一座四层高的教学楼，我常常站在最高处望着城堡的方向，我能看见咱村的那个小学，还有村外的乡二中。他有些卡壳了，往事忽然涌上了心头。

安骆做过教师，是替一个姓傅的女老师。那时候民办教师转正必须经过考试，腿短心大的傅老师连续考了两次都没有过去，第二次她男人怕她受不了压力提前找了教育局一个姓梁的科长，科长家是牛堡的，和城堡村搭地头。梁科长领着他花了几千块钱，该打点的地方打点了。可傅老师考得比第一次还糟，结果傅老师气出了一身病，先是干结，后是拉肚，整个内分泌失调。后来肚里的病好了，又攻到了脑子上，有一天走着，腿忽然晃晃悠悠的一边翘了。男人正好在家，赶忙把她送到了医院，脑出血，住了院。安骆就是这时候去替傅老师的，城堡中心校的民办教师很多，教过他的老师就有三个。他教语文，教得很好，尤其作文，他辅导的两个学生还在全县得了名次。教了大半年，傅老师要回来上课了。后来才知道傅老师急着上课是提前得到了消息，民办教师要大转一批，够条件的转正，不够条件要大批下岗。

安骆当老师的日子就这样结束了。就是这时候他对老婆说：我要出去打工。

老婆知道他不想再待在城堡，知道他的心事，知道其实他很想再和学生们在一起。离开学校的那天晚上安骆哭了一场，无声地哭。老婆说：你这是演无声电影啊，要不要我帮你配音。他撇开老婆去了村外的坟地，呆呆地坐在母亲的坟前，他说：娘，我想出去走走。他忘了带香，忘了带纸，他去地边捡了一些干草，烘着了，对母亲说：儿子就把这当香当冥纸了，咱娘儿俩烤着火说几句话。他说：我真的想出去走走，我想您的时候会回来看您，您要保重，不要再那么要强，要吃好穿好生活好，不要太节俭了。就是这个晚上他觉得母亲太寂寞了，他在夜幕里看着坟前的柳树已经长成，浓荫遮盖，叶儿在夜风中悠动。他站起来，坟的四周空旷、辽远，夜如此的静，几十米外的河流传来隐隐的流动声，夜里的几种响声混在一起。

他在夜色里想：母亲太寂寞了，自己走了，回这个村庄的次数恐怕是少了。应该由谁代替自己和母亲说话，和母亲聊天，经常来看一看母亲。他捂住胸口，坐在坟前想这样的心思。他想了一圈儿最后把心计用在了鸽子上。

他们家住的是一个小土楼，两层，原来奶奶在这儿住，奶奶走了，母亲在这儿住。母亲走了，楼上的鸽子没走，小土楼是最受鸽子青睐的，还有麻雀。从坟地回来他站到了院子里，鸽子的翅膀在楼顶上盘旋又稳稳地落到楼顶，仰着头，鸽子的叫声穿过夜空，在夜空划过一道弧线，钻到他的耳窝里。鸽子的叫声在树叶上，梧桐树叶一颤一颤地抖起来，夜空中穿行着一种温暖的叫声。就是这时候他的心陡然抖动了一下。他开始把心计用在鸽子上，他要把鸽子往母亲的坟树上引，那棵孤独的坟墓前孤独的柳树，柳树上应该有鸽子的叫声。母亲是喜欢鸽子的，不然鸽子不会在他们家住这么多年，不会黏着他家的小楼不走。都说鸽子眼灵活，可鸽子也是恋旧的，懂感情的，讲情谊的。母亲临走前坐在院子里喂鸽子，他看到了，他每一天都用瓢舀半瓢粮食放到母亲常坐的门墩上，母亲坐在那儿，把瓢放在腿上，看见有鸽子飞来落下，悠悠地撒过去半把粮食，粮食软软地划过半个弧线，那些粮食有时候是玉米，有时候是麦子，有时候是馍星子，有时候是轻盈泛红的高粱籽儿。粮食在空中划过落下来，鸽子精明死了，小腿一蹦一跳地觅着粮食，头一点一点地叼，叼住了，仔细谛听听见了啄粮食的声音，然后是两只叼粮食的鸽子引来了一群引来了一片，鸽子站在院子里，咕咕地叫，翘着头等母亲再往地上撒食儿。母亲的嘴角泛上了笑，轻轻地又把食儿撒过去，鸽子又咕咕地叫，那是兴奋，是感激。鸽子叼一阵呼地又飞起来，掠过房顶掠过桐树越飞越高，去撒欢儿，去自由地飞翔了。傍晚的时候鸽子回来，它们会再一次地往地上寻觅，会再把地上的粮食叼一遍，咕咕地叫一阵然后落在楼顶。

安骆准备了三种食儿，还有鸽子的饮水。他学着母亲的样儿坐在门墩上，悠悠地往院子里撒，院子里落下砰砰啪啪的一阵，像崩在锅里的花椒声。第二天安骆换了一种食儿，他得笼住鸽子，让鸽子习惯他，然后才能实行他的计划。第三天他撒的是一瓢小麦，一把把一粒粒晶莹的小麦，他本来想喂鸽子谷子的，可是他找了几家也没找到谷子，村里种谷子的少了，谷子的产量低，种谷子很麻烦，村里人就烦，自己吃小米也要去市场上买了，或者坐在门口等来村里卖大米和小米的那个人。不过村里还种谷子的有三个人，一个是傅国军，一个是年老五，一个是田白孩，三个人都是老头了，没事的时候在沧河滩里开荒，三个人都是村里最喜欢吃小米的人，在开的荒地上就都种了一片谷子。谷子招小虫子，小虫子就是麻雀，麻雀一群群地往谷地里飞，三个老人坐在地头，每人手里握一个长棍子，长棍子头上系了一根细麻绳儿，绳头上又系一个红缨穗，麻雀一来，长棍子从老头儿的手里直起来，长绳子揉在河滩的半空，红缨穗把麻雀吓跑了。麻雀从这片谷地飞走又看到了另一片谷地，坐在地头的老头又往头上揉绳子，麻雀又呼啦旋起来；别看麻雀的眼小，麻雀的视线好，麻雀又看见了另一片谷地，麻雀就这样飞来飞走和三个老头捉着迷藏。所以他们都不再种谷子了，家里人也不主张他们种谷子，太淘神，现在又不天天吃小米，都是大米、玉米粥、小米轮流着吃的，天天揉一根长棍子，弄不好脚踩空可麻烦了，得不偿失，都那么大年龄了。所以安骆走了三家都扑了空，安骆就只好玉米、小麦轮流着撒，今天是玉米，明天是小麦，几天下来一袋玉米和一袋小麦都落下去了半截儿。安骆觉得差不多了，安骆坐在门台上对鸽子开始进行回忆性教育，对鸽子说：你们记得几年前坐这儿喂你们粮食的那个老人吗？就是我妈，当年吃我妈喂的食儿的也可能是恁妈或者恁爸，反正那个老人对你们不赖；现在她喂不了你们了，因为她搬家了，搬到村外住了，我找个时间带你们去看看，做人做鸽子都要讲良心的，不要人家不在这儿住了就把人家的恩情忘了；你们好好地想一想，做人做鸽子其实都应该讲良心的……

又过了三天，安骆觉得差不多了，再没有心的鸽子也该有心了，也会听懂他说的啥了；要是母亲有张大照片就好了，把母亲的大照片放这儿让它们看看，看看，就是这个人，病得不成样子了还天天喂你们食儿吃，她现在换了地方住你们说该不该去看看她，去陪陪她！安骆在觉得差不多了的这天他陡然间增添了自信，他满怀信心地在前边走，让鸽子跟着，临出门的时候他往头顶挥了几下手，说：你们现在就跟着我。

真让他感动，鸽子还真讲良心，鸽子竟然真跟他飞出来了，而且还有两只分别落在了他的两个肩上。太好了，人和动物都是有情有义的啊。可是一出村那群鸽子哗地飞高了，在半空中旋起来，鸽哨声在头顶响一阵，鸽子飞远了，肩膀上的两只也随着群飞。他有些失望，他骂了一句：真没良心，真是鸽子眼。他失望地往天上看，瞅着鸽子。可是鸽子又飞回来了，在天上旋了几个圈儿又回来了，那两只鸽子又落在了他膀子上，他挪了挪膀子，鸽子的爪子在膀子上抓的很牢。他说：好，你们这次不要离我的膀子，咱们现在就去看我娘。他带鸽子往前走。走了一截鸽子还是又飞走了，又带出一片鸽哨声，这一次他不管三七二十一，一股劲地往前走，我不相信你们这些鸽子这样不和我合作。鸽子真的又旋了回来，原来是鸽子们一出门就贪玩，原来鸽子们是和他开玩笑，鸽子孩子样撒一阵欢儿又飞了回来。这样飞走飞回的几个来回，他站到了坟地，站到了娘的坟墓前，他跪下来，对母亲磕了一个头，脸朝向鸽子，鸽子们庄严地守在他的身边，白花花一片，整个大地都白了，跟着他点头。他说：你们太好了，我不亏待你们。他把手伸进兜里，在坟墓周围撒下一片食儿。

他这样带鸽子一连去了五天。

他是第六天离开城堡的。第六天他在院子里没有看见鸽子，往院子里撒食儿，旋到院子里的只有几只雏鸽。他爬上楼，楼上落了一层鸽屎没有一只鸽子，他纳闷地往坟地走，那样的情景让他激动，鸽子竟然盘旋在坟墓的上空，然后落到了坟树上，坟树被鸽子染白了，像下了一场雪。他对娘说：妈，鸽子可以陪你了。他仰起头，叫了一声鸽子，你们真好真有良心，原来我的话你们都听懂了啊。

二

树没了，那棵坟树。

每一次过了青塘他就开始往地里使劲开始肃然，眼不由自主往地里睃，手掂着包裹，脚踮着车板，心咚咚跳，心里有说不上来的感觉。偶然坐朋友的车回家也是这样，一过青塘就会往右边的地里瞥，似乎是条件反射，不是的，是心先跑到了那个地方。那个地方是什么地方呢？是母亲的坟墓，是坟墓前的那棵柳树，是坟树上摇曳的枝条，是枝条上蹬枝鸣叫的小鸟儿，是他尽心引到坟树上的鸽子。母亲的坟就在青塘到城堡的路上，母亲就在那片宁静的麦地里。每一次回家他一定会去母亲的坟上坐坐，和母亲唠一会儿嗑，对母亲说说自己的心事，告诉母亲自己都去了哪儿都干了什么，即使在大西南一个城市给表叔看一个矿场时，他也要想法回来一趟，不回来一趟不行，就觉得这日子过得没有滋味，少了什么，心里和生活里肯定缺了什么。最后来了牧城的这所学校，他回来得就更勤了。当然他喜欢夜晚，夜晚的坟地宁静，一片空旷，他在静夜里听见沧河水、九弯河的水流淌着，分不清是哪条河流的水。北边的城堡和南边的青塘东边的牛堡西边的榆塘闪烁着微弱的灯光，传来几声狗吠，摩托车也会偶尔地穿过地头的马路，但整个是静的，静得像大地睡着了。他会在傍晚的时候来看鸽子，看鸽子乖乖地在坟前盘旋，落在树枝上，他回到家很高兴地喂鸽子几把食儿，说：我感谢你们，你们真好，真有良心。他甚至爬上楼顶，和鸽子们待在一起，说，要是有一个相机就好了，说我要有你们的一双翅膀就好了，我想什么时候回就飞回来。

可是那棵树没有了。

那棵柳树。

他惊叫了一声。

那树呢？

坟地上怎么光秃秃的，鸽子都跑到哪儿去了？他心急得都快蹦出来了。

老婆说：乡里统一的，地里的坟树都没保住，你没看地里都光秃秃的。

他发了火，对老婆，对父亲，对家里的一切，甚至对着院里的鸽子。你们为什么不吭气，不告诉我，我可以去找他们说理；坟头上长一棵树有什么不好，它碍着什么了，这都是小事情，农民种一年的地究竟能收入多少，一个农民种一年地的收入抵不上公务员一个月的工资。他们自己的地宁愿在地里长一棵树，那是风景，长在老人的墓前那是寄托，现在毁坟毁地里的树到时候了吗，咱乡下那些纪念老人该有的场所有吗？他们上边的人都没有老人？搞这些小形式有什么用！这是孝，是一种信仰！毁了一棵树、一个坟，失去的一个人心，啥轻啥重他们怎么没有想透。其实找谁啊，满大野都光秃秃的，树贩子都因此发了大财，从坟头刨下的树一车一车拉到了远处。他去了坟地，一个人站在光秃秃的地里，脚下的麦苗还在一如既往地生长。他找着了那个树坑，计划着树占了多大的地盘，一米多两米长的树枝有多大的荫凉。坟地的地不是自家的，是六组春生家的，当初母亲出殡时赔了人家粮食，每年到了清明，到了扫坟的日子都想着应该去见一见春生。春生爱喝酒，他把家里攒的酒都给了春生。春生讲义气，春生说：安骆，你放心，谁家没有老人，谁家不扎坟啊？你娘的墓我会好好保护，犁地耙地从你娘的坟前绕过去，绕远远的，不伤着你娘。安骆说：春生，我咋摊上你个好邻居啊，俺娘地下有知也会感谢你的。这次他又想到了春生，掂了几瓶酒，到十字路口配了几个菜。春生家的门锁着，人家的门都是大铁门，春生家的门是结实的木头门，这是春生做木匠的好处，铁门夯几下有回声，木头门闷闷的没有回音，震得手麻。他蹲在春生家门旁的石磙上，春生家的邻居刘贵走过来，刘贵说春生去他家坟地了。安骆掂了酒和菜往春生家的坟地去，起了一阵风，麦苗儿被刮得趴到地上。远远看见春生在坟地里站着，瞅着坟上的草，霜打过的草有几根硬挺出零星的青色。春生家的坟地一个坟挨一个坟，春生家姓田，在瓦塘南街是大家族。安骆悄悄走到春生身后，春生眼前是他爹娘合葬的墓，一棵小柏树，在夕阳下无力地晃着，春生脚跟搁一副桶，柏树刚被浇过。安骆把手里的酒菜搁到墓前，鞠了一躬。春生这才说话，谢谢你，安骆。安骆低着头看瘦弱的柏树，在心里对柏树说，快长啊，柏树，别让春生心焦。

春生说：安骆你刚回来？

安骆点头。

春生说：你家坟上的树也刨了？

安骆说：光秃秃的。

鸽子还去？

鸽子落在地上，还有良心。

这是运动。春生说。

运动吧。安骆说，前几年弄过，没彻底，新栽下的树这次又刨了。

春生说：是锯的。

安骆说：锯了还有可能再长出柳条，柳条再长成柳树。

春生说：别长柳条柳树了，碍眼，就栽个小柏树吧。

安骆往前几步看着小树。

将来还要平坟哩。

也没法，天塌大家的。

该建个公坟。

可能会吧，将来的事。

柳台村的公坟建在果园里，不显山不露水，地省了，也安慰人心。

看发展吧，啥都不配套，砍树平坟太急了，啥都爱一窝蜂，娘的。安骆仰起头，天上已经没有老阳儿了。春生从坟前掂起酒菜，往安骆手里递。

安骆不接，说：供过了就是你家的，本来也是去你家里的。

他去了西边的山上，找了一片柏树林，出钱买回来一棵，刨了坑把小柏树栽上。柏树在他的照料下总算活了，枝杈上返了绿。让他感动的是鸽子，鸽子每天还在坟地飞。

三

这一年他强烈地想有一张母亲的画像。

这是一种心结。他的欲望又熊熊地燃起。是一个老人激起了沉淀心头的愿望，网上的那个老人很慈祥，老人是乡村的，老头死后被儿子接到了南方的一个城市，住进城里的老人想念老家，想老家的树、老家的山、老家的驴、老家的狗、老家的人。她有一天给孙子讲老家的山楂树，孙子竟然不知道山楂是树上结的，不知道什么叫山楂树。老人说：你这孩子。老人从孙子手里接过了画笔，在孙子的画书上画，画了山楂树，树上结的山楂，还画了山，山边的小河、小河里的鱼虾。老人越画越像，老人的兴致来了，每天就着画给孙子讲着老家。老人自己也没想到自己画得那么像，跟真的似的，画得真好，她竟然画上瘾了，一天不画心里就缺东西。孙子天天缠她让她画，说我不吃您买的小吃您就给我画吧。老人就天天画着，把屋子里都画满了。她的画有一天被儿子家一个做美术工作的邻居发现了，她不知道这乡下婆婆有这一手绝活，七十岁的人竟然无师自通，哗哗啦啦一幅画就出来了。她招来几个画家，画家们都傻眼了，问老太太小时候是否学过画，在家是否学过画？老太太说我学什么，我在家就是种地，我给孩子讲家里的事儿她啥都不懂，这样的孩子是会忘本的，我就画了，一画就上了瘾。她伸了伸手，手上长满了老人斑，说这手越画越顺。老人说：我怎么会画画呢，你们怎么能说我画得好呢，你们都是大画家，你们的画能卖大钱，我就是画给孙子看的。对不对，孩子？孙子说：对。孙子说：是我把奶奶逼成了画家。老太太就这样火了，她的画传到了网上，登上了报纸，现在不是有原生态歌原生态音乐吗？老太太的画被称之为原生态画，想想也是，剪纸不都在民间吗，谁手把手教过呀，谁上过绘画课呀，人间就有这稀罕的事儿，这是天赋。

他说：不行，我要去找老人求老人了，我得给妈画一张像，我都要老了，怎么可以连一张娘的像也没有呢？为母亲的画像他去求过照相馆，他兜里揣着钱把县城的照相馆画像馆都跑遍了，一家一家地求人，他说，你们要多少钱都行。可是那钱没人接，只有东街一个王玉给接了，最后还是把钱退了。那一年村里出了个大学生，上海美院。暑假里回家写生，让村里人给他当模特，他满怀期望地找那个孩子，还是失望。

他先回了一趟家。闷在屋子里，寻找着关于娘的记忆；娘的额头是黑黑的，娘的头发在后脑上绾一个结，结上扣了一个黑色的纱网；脸呢，自己和娘差不多，说长不长说圆不圆的，但很精神。娘的眼深，不光是眼窝，是娘一眼就能看出自己的心思，看出他是高兴还是受了委屈。他愿意回忆娘的笑，娘笑时眼好看，嘴好看，鼻子也好看。有时他就在回忆里一会儿看娘的鼻子，一会儿看娘的眼，娘笑时脸像三月的油菜花。这样想着，他自己在屋里笑，像是娘就在眼前，这时候要是有个照相机"啪"把娘照下来就好了。可一睁眼眼前是空的，才知道刚才是一场幻觉，人一回忆全把自己回忆进去了。母子之间的感情是没法说的，太深奥，刻骨铭心，天底下什么也深不过这一种情。可这么一张清楚的脸自己画不出来？他找来一支笔、一张纸，试着画，试过多少次，这一次和试过的多少次一样失败。他埋怨娘，您怎么就不能让我把您画出来呢？您知道儿子想您想得多苦？夜里他搬来凳子坐在榆树下，院子里落满了树叶，小风儿吹着树叶窸窸窣窣地响，响了一阵停下来一会儿又响。他看着门墩，想娘坐在门墩上喂鸽子的模样，母亲的手挥起来，鸽子们落了一地，他又看见了母亲的笑。他的手里握着笔和纸，手不自觉地晃起来，却画不成形。第二天他去父亲的屋里坐了很久，最后对父亲说，我出去一趟。他没对父亲说清，他不在父亲跟前说，怕一个老人回忆另一个老人。

他的行囊里是几斤小米，晒干的枣，媳妇给他准备好的绿豆、黑豆。没有什么可带的，对去了城里的老人去了城里生活的老人的儿子，应该是待见家乡的土产的。

就这样来了广东。

他真的找到了那个老人。

他怯怯地敲门。扑通一声先给老人跪下了。

老人说：你干啥，在城市不兴这的，你从哪儿来，到底想干什么有什么事儿，你这样跪着很吓人的。

他说，我知道您是咱乡下的。他说了县说了乡说了村名。

老人说：那个县我知道，那个村我就不知道了，我知道我们是老乡。

他说：大娘，你一定要帮帮我，我千里迢迢来找你，是求你画一张我娘的像。

老人把他拉起来。老人说，您好好给我说说。

他就说了，含着泪说。他说，我找过很多人了，总是一次次失望，我是知道您后专程跑过来的，我找过很多画画的，可还没有找过像您这样的老人……

老人说，我其实那里会画画啊，我是哄孙子玩的，画的都是在乡下天天看的。

他说，大娘，我这么远跑来您就试试吧。

他又给老人下了一跪。

老人说：难啊，平白无故地画一个人。老人说：那我这几天不能给孙女讲故事给孙女画画了，我得专心对你的事儿，一心不能二用。

他说：我不说感谢了。

老人说：我得先把你娘的样子想想，每一次画画我都这样，得先把画往心里装，我的孙儿画不好，因为她心里没画。老人说：你给我说说你娘。

…………

他住到一家旅馆，旅馆离老人家很近，他每天等着老人的电话，他天天望着老人住的地方。

第八天他去见老人。老人闭着眼，脸上多了几道刀子一样的深纹，手上多了许多斑点。老人屋里放满了画，他看了都觉得不像，他甚至有些失望，有些失落。看着老人疲累的样子，他不忍让老人这样累着。他走到大街，许多许多的车辆在大街穿行。几天后，他在一家企业找了份工做，隔一段去见一次老人。有一天一家地方戏来企业慰问演出，演出结束，他看见那个扮演农村老人的竟然是一个挺漂亮的姑娘，原来她刚才的皱纹都是画上去的，那个像母亲一样的头发原来是一头假发。他腾腾地跑过去，一把抓过刚摘下的发型往头上戴，竟然在镜子里看到了一个老人，镜子里的人的额头、鼻子、颧骨怎么看差不多就是活着的母亲。负责装箱的剧务来和他要假发，他还在镜子里端详着，舍不得摘下来，还求着剧务，能不能再给我画一些皱纹，那样我就像母亲了。剧团里的人都把头扭过来，说这个人究竟要干什么？怎么好好的又是戴假发又是画皱纹的？他又求着说能不能把假发借给我，我让老人看看能不能照着画下来。他把经过说了，大家才知道他来这个城市的原因。有人拿着画笔过来，开始在他的脸上描，描的很细，不一会儿他变成了一个老人，唱戏都没有问题了。接着他又一步一步地求人家：说让老人看了兴许娘就画出来了，要不你们把这个假发卖给我，我天天戴着叫老人画。不管怎样剧团最后答应了他。他穿过城区用了两小时，到老人家时，把老人吓了一跳，等他说清了，说这基本就是娘了。老人最后说：照下来吧，总不能一直戴着人家的假发。

一周后接到老人的电话。

看到那张墨迹未干的画时，他眼睛哗啦亮了，他跪在画前，呜的一声决堤了，撕裂地叫了一声，娘——对老人说：这是我娘，是我娘啊……

他听见了母亲说话：孩子，我们终于见面了。他抬起头，是老人在说：你让我也想起我娘了，孩子，我和你娘好像是见过的，昨晚她从照片上走出来就站在我的面前，我才画出来。

抬起泪眼，老人更老地站着。

她郑重地拿起另一幅画，说：这是我娘，我把我娘也画出来了。

是一个和娘一样沧桑的老人。

他伏到老人的怀里。

老人搂着他，像搂着自己的孩子。

后来，老人说：孩子，起来吧——声音悠长。老人说：中午和我们的娘一起吃个饭，你和你娘回家，我也把我娘送回去！

他恭敬地看看“娘”看看老人的“娘”，看看当娘的这个老人。老人说：其实，我一直都想画娘，画娘啊！当你娘站到眼前时，我终于画了，我的娘也跟着出来了……

他们齐齐地叫了一声：娘！

流浪乐手

再见那个流浪的萨克斯手是在“阿德”，那一刻我按捺不住，撇开和我一起的朋友匆匆走向演出台，也许他不流浪了，但我依然愿意称他为流浪的乐手，我依然喜欢他的自由洒脱、旁若无人、全神贯注完全进入的台风。他是一个流浪的艺人，但他的音乐即刻能贯穿一个人的魂魄。那一次见他是在自由大街的地摊上，没有话筒没有演出台，他就随意地站在地摊的一个角落，风把他的萨克斯吹入我的耳蜗，也许我就是在他的《回家》中喝多了，他让我忽然对久违的家久违的亲人有一种惭愧。那一夜我烂醉如泥，后来被送到医院，醒来时医生告诉我，送我的人带着乐器，我一下子想起了地摊上的乐手，之后我一直想见到他。我穿过人群，在一楼的酒桌间穿梭，时光在我的脚步中哗哗啦啦流过，他旁若无人的演奏那样潇洒。一曲终止，我谦恭地靠近乐手，我看见了他盛满音符的眼睛。我说，一个夜晚，你应该记得吧，在自由大街的牧马渠边，你救过我，把我送到医院。他握着萨克斯，目光凝神地看我，我等待着他的点头。可是他说，先生，我还要演奏，我不知道。我提醒他，就是你，那天晚上我喝得太多……

萨克斯又悠然地响起，整个大厅被他的音乐濡染，二楼三楼的廊台上站出来很多人。

我开始跟踪乐手。

那一夜我一直等在阿德酒店的门外，终于等到他的出来，整个“阿德”整个C市都静了。我看见乐手搀着一个醉酒的人，那个人走着吐着，骂骂咧咧，我听不清他骂的话，我想起我醉酒被救的情景。乐手把醉酒者扶到路边，帮他擦着嘴角，伸手截了一辆出租。我驱车跟在他的身后，一直跟着他把那人送到家里，从小区出来，他孤独地站在大街上，长发拂动，我想打开车门请他上车，可他又坐上了迎面过来的出租，我跟踪他去了一座城市的民居，看着他上了二楼。这种民居我租住过，知道它的简陋。我悄悄地站在楼下，看到一扇窗内亮起灯光，接着听见了破窗而出的一缕音乐，这个喜欢音乐的流浪乐手，回到家还在音乐里沉浸。

第二天我又跟踪乐手去了一个地摊，这次在东大街，他又是很晚回去，我看见他面对静下来的大街有些失落，东大街离他住的地方不远，他快快地走在大街上，灯光拉长乐手的身影。他没有回家，去了牧野湖边，很久，我又听见了柔婉又刚性的萨克斯曲，月光在湖面上铺洒。就是这天晚上，在我离开他的窗下时我看见一个女孩儿正仰头看着他的窗户，长发在月光下飘逸。

我们终于去了一家茶坊，他依然背着他的乐器，这个流浪乐手有些呆板或者固执。他对我说，其实，我不是搪塞，我是真的不认得你了。夜深了，我们要了一种很淡的茶，茶香在灯光下轻溢。他告诉我，我救过的人不止一个，很多，你可能不知道我的工作，我的工作就是在每天的夜晚帮助醉酒的人回家。

我惊愕。

他说，真的，你不用吃惊，两年了，一直都是这样，我一直都在坚持，我了解醉酒的人，不是每个人都为了贪杯，很多人是有另外的原因，在酒中寻找安慰，比如你那天，如果不错的话你就是那个一直喊着回家、回家、回家的人。

对!

我听他继续说下去。

很多醉酒的人其实都想着回家都念叨着这两个字，哪怕有一丝理智，都会记住这两个字。也许这就是很多人喜欢听《回家》的原因。有一次我救了一个人，我实在劝不动他，我把他放在路边的一棵树下，等他清醒，我一遍又一遍轻轻地吹奏《回家》，直到他泪流满面。他伸出手，说，兄弟，送我，我们回家。还有一次我救的是一个女人，我也是一次又一次地吹着《回家》，直到把她唤醒，等到她的家人。他说，我已经这样送过将近一百个人回家。

一百人?

对，这是我的目标，救够一百个人，我也许会离开C城。

离开C城?

对！我不是C城人，我就是一个流浪的乐手，我的快乐在流浪中，以前我在一个乐队，在我失意加上失恋的时候离开了乐队，想就这样只身天涯。我挎着萨克斯流浪到C城，一个深夜我醉了，几乎酒精中毒，不省人事，在一个大路边又被一辆小车刮倒，有一个人救了我，把我送到医院，我活过来了，他让我懂得了感恩。

感恩?

对!

就是从此我落在了C城，我开始每天晚上的流浪演奏，以流浪演奏谋生，我每天都去一个地方，等待帮助醉酒的人，把它当成了我的职业，为救一个人帮一个人快乐，同时一直在寻找那个救我的人。

那次在“阿德”……我说。

他说，也是一次例外，我不想去那种大酒店，我救过一个人，那个人和“阿德”有关……

我说到他窗前的那个女孩儿，我好几次都见到她，好像在听他的吹奏。

对！他说，她很固执，那是我救过的一个女孩儿，那一次她喝了太多的酒，我跟踪她，她在深夜打的去了一个湖边，在她跳进湖里时我救了她，她告诉我她的经历，她想解脱的原因，我整整陪了她一夜，给她吹奏《回家》《秋夜吟》……告诉他我的经历，我为什么留在C城，天明的时候我送她回家。有一天她跟踪我找到我现在的地方，就天天的在窗前听我的吹奏，其实我每次回家的吹奏是给她听的。

我听着，不想说话，仿佛说话会破坏一种气氛。

好久，我说，会有故事吗？

他沉默着，手握萨克斯，仰着头，眼看着房顶。停了一会儿，他说，我答应她在完成我的承诺后再和她相处……

我说，我祝福你们。

他笑一笑算是回答。

我说，我真想听你的乐声。

茶坊静得差不多只剩下我俩，征得茶坊同意，他演奏的依然是那首充满激情和柔情的《回家》。他说，也许我该回家了，如果找不到那个人，在我帮够一百个人后……

月光下的猫

一

乔小山想念一个女孩儿从一只猫开始。他先是喜欢上舅舅家的那只猫。清明节那天的早晨，乔小山的耳朵又被妈妈揪住了。乔小山知道妈妈又要带他到舅家去，每次去舅家都这样，妈妈在叫儿子的时候不喜欢用声音，而是喜欢用脏手去拽听声音的耳朵，因为去舅家乔小山的耳朵已经被妈妈揪得长出了一截。那经常刷碗、经常喂猪的手快触到他的耳朵时他就隐隐地感到疼。

乔小山捧着水哗哗啦啦地洗脸，水很听乔小山的使唤，乔小山把水撩到耳朵上，水就把耳朵浇一遍，再从耳朵的两边往下流，甚至还滴进他的耳蜗里，把他的耳蜗也濯洗了。有时候那些水还好奇地探到他耳朵的深处，乔小山这时候会骂几句，把头枕在一个平面上让水珠再一珠一珠地爬出来。

乔小山其实是乐意跟着妈妈一小步一小步往舅家的那个村庄走的，一小截一小截就把路越走越近了。可惜乔小山根本没有见过姥姥和姥爷，乔小山只知道舅和舅妈。而那个被喊作舅的人好像是长期在外的一个人，像自己的父亲一样，一年也难得和他们见上几面。所以乔小山对那个舅妈的印象特别深，乔小山觉得舅妈的长脸，像秋天他家墙上那个不长也不短的冬瓜。舅妈的嘴角有一颗小黑豆，笑意从那个黑豆里经常蹦出来。让乔小山挂念的还有舅家的那棵石榴树，夏天一来石榴花晶晶地亮。

每年的清明乔小山都会跟着妈妈去一次姥姥、姥爷的坟前。两个坟包上长满了野草，野草的根已经扎进坟地的深处了，妈妈把一刀纸燃着时对乔小山说：跪下，快叫你姥姥、姥爷收钱。乔小山很听话很乖顺地扑通跪下来，仿佛看见脚下是一座房，房子里住着两个鬓发斑白的老人。乔小山把坟前的麦地跪倒一小片，很认真地念叨：姥姥、姥爷你们收钱吧。乔小山看见妈妈燃着纸钱，纸钱快燃尽时跪在乔小山跪过的那片麦棵上，坟头上的黄纸在风中小声地响。

乔小山是从坟地回来看见那只猫的。乔小山的眼睛砰地一亮。那是一只黑色的猫，乖乖静卧在舅妈的脚前，它和舅妈一样在春天的阳光中闭着眼睛，耳朵在睡梦中随着鼾声微微地耸动。舅妈倚在一只小椅上，脚蹬着门槛，脚上穿着小圆口的布鞋，脸上的一颗小黑豆格外惹眼。舅妈和猫几乎是同时被惊醒的，乔小山听见了猫叫，很悠扬很甜润很绵长很动人的叫声。

按正常的习惯乔小山这时候应该去拽一两朵石榴花，然后去村外的河边。可乔小山完全被一只猫愣住了，他蹲下身去摸那只猫，猫很温驯地让他摸，好像一开始就喜欢上了乔小山。后来那猫开始躲避乔小山，好像又看透了乔小山想占有它的心思。它往桌子下躲，往屋里的暗处躲。拐过来藏过去和乔小山捉着迷藏。后来舅妈看见乔小山往她的床下爬就喊起来，乔小山的屁股撅在床外沿，两只小膝盖顶在有点潮湿的地上。乔小山对着黑暗的床底喊：小猫儿，你出来，我只是想和你玩玩儿，我不会让你害怕的。乔小山在喊的时候屁股上挨了很响的一巴掌，乔小山不知道自己的屁股打起来会这样响，可是乔小山还是不想出来，他相信他会找到一种和猫默契的东西，他又往床底的深处爬过去，猫很利索地蹿了出来，一直蹿到了屋外的阳光下。

乔小山的妈妈揪着乔小山的屁股把他从床下拖出来，这时候舅妈已经开始做饭了，屋里弥漫起炒菜的香气。舅妈泰然地做着饭，好像压根儿没有注意小山的情绪。

乔小山一心要抱回那只猫，可舅妈一直平静地对待乔小山。舅妈知道乔小山还是个孩子，会忽然冒出来好多的想法。舅妈知道乔小山喜欢上了猫，可舅妈说：你看这猫躲来躲去的，可能不喜欢跟你走，那就以后再说吧。再说这只猫是你舅上次回家专门给我买回来的，我真有点舍不得。乔小山几乎是哭着离开舅家的，乔小山觉得很失望，回家的时候走得很快，在快走出那条回家的小路时他赌气坐在渠埂上，倔强地拧着头。妈从身后赶过来揪他的耳朵。可她的手又缩回去了，她看见小山的眼里盈着泪花。

二

这个春天的夜晚，瓦塘村开始晃动着一个少年的身影，乔小山在这个春天知道了村庄里有多少条长长短短的路，多少宽宽窄窄的胡同。清明节之后在妈妈又来揪他耳朵的一个早晨，乔小山竟然说出了一句一下子长大了许多的话，那是你的娘家你去你的。小山的妈妈那天走在麦地中间的小路上觉得自己多了几分孤单，男人在很远一个铁路上挣钱，一般和自己回不了这个娘家，现在连儿子也拒绝和自己一齐回了，那个揪耳朵的专利可能也要从这个早晨失去作用。她孤单地走，这天她从娘家回来得很快，这是几年来第一次这样。

乔小山的小脚踩在瓦塘的大街小巷，一个夜晚乔小山的脚步忽然停住了，心扑通一声，屏住呼吸的乔小山听见了猫的叫声，那叫声细细长长，委委婉婉拽着他的心。乔小山的头一下子就扭到了那个传出叫声的院子，原来自己一直寻找的就是一个动物的叫声。乔小山读书的时代，乡村的猫儿很少，那个春天，乔小山的魂儿整个被猫勾住了。

乔小山俯在那家的围墙上，后来他趴在编得很结实的栅栏门前，栅栏门上别着新鲜的柳条和荆枝，朦胧的夜色里枝条透出青枝的涩气，乔小山静静地等待着又一声猫叫，等待着一个小动物跑进他的视线，他有点害怕刚才的叫声是他的一种幻觉。

终于又听见了细细柔柔的叫声，又看见了那只猫，那只猫是白色的，猫的脚步像一缕轻风刮过河道上的细沙。他有点按捺不住地想冲过去。心咚咚地跳。直到一声吱扭的门响他才从冲动中平静过来。他看见一个女孩儿，细高个儿，披散着一头长发。他听见女孩开始用甜甜的声音叫着猫，她弯下腰，长发披到脸前，露出细长的脖颈，她轻轻地伸出一双手，手又慢慢在夜色中交合，腰弯成弧形时臀鼓成一个美丽的小山包，猫顺着胳膊乖顺地爬进她的怀里，她把猫抱进了东屋。满天的月光星光洒下来，他又听见一声撒娇的猫叫声。乔小山还趴在栅栏上，手里狠狠地捏着一枝柳条。

三

又一个黄昏，乔小山站在栅栏前。他的魂儿真的被猫儿勾住了，昨天的夜里他失眠了，小床被他折腾得要哭了，白天听课他的心不知跑到了什么地方。下午回家的时候他就一直盯着头顶的太阳，埋怨太阳落得太迟，后来他干脆用被子蒙住头，好像这样天黑得就快了，就不受太阳对他的折磨了。觉得天该黑的时候他呼地撩开了被子，可太阳还在头顶上，窗外还是明晃晃的扎眼。当然乔小山最后还是胜利了，他还是把太阳飚到深山的沟里了。乔小山急不可耐地趴到栅栏前，等待着一声柔软的叫声，等待着那个唤猫抱猫的美丽弧线。他看见了一架葡萄，葡萄藤的枝叶曲曲弯弯把整个院子都遮住了。漫长的等待中院里的灯光渐渐地熄灭，整个村子里只剩下柔软的夜色。他却没有再听到猫儿的歌唱，没有听到女孩的脚步声，这让他有了失望的痛苦，夜在少年无奈的思念中往更深处走，他想象着猫可能打瞌睡了，女孩可能进入梦乡了。村庄的夜晚显得更加幽静，月色更加高远，乔小山讪讪地走在回家的路上，走了几步又拐回来，他不情愿就这样告别一个失望的夜晚，想见猫的欲望抓挠着他的心。他局促地去推栅栏门，他惊叫一声，栅栏门竟然是虚掩的。这给了故事一个延伸的契机。他大着胆把栅栏门一点一点地往高处托，栅栏门减少了与地面的摩擦，几乎是无声地托开了一条缝。他开始在小院里寻找，寻找一只猫的身影，他踩在院里的脚步像风吹动河道的细沙。他想猫咪猫咪地叫几声，站起身他把这个欲望又压了下去，不敢啊，这个院子里住着一家人呢，暴露了就会被撵出去，说不定还会挨棍子，那样就更见不着猫了。他把脚挪到了东屋的窗前，哎呀。他真的看见了猫，蒙眬地看见小猫卧在一张小床上，乖乖地打着瞌睡，他真是有些急不可耐，他怯怯地去推东屋的门，“呀！”门竟然也是虚掩的。乔小山简直要打退堂鼓了，床上躺着那个女孩。然而，乔小山的胆又忽然大起来，他忘记了羞涩，他急切地想看那只猫。

猫在小床上甜甜地睡着，白绒绒的猫在月色中是那样纯净。沿着猫身他看见一只白嫩的手。那只手摸在猫的身上，像在梦中抚摸着自己的孩子。女孩另一手放在自己的胸前。被窝里的热气把一张脸润得潮红，女孩的胸在呼吸中一波波起伏，一绺头发搭在光洁的额上。在淡淡的月色中他静静地看着猫，看着熟睡的女孩。多好啊。在这里站着是多么的幸福。

乔小山一下子像往前蹿了几岁，而且提前有了春心的萌动。又一个夜晚当他又站在那个叫家梅的女孩床边时他几乎已经把猫忘了，他盯着家梅嫩藕样的手臂，白葱一样的指节，红润的小腮，简直要俯下去亲一口了。乔小山真的不能自已，我为什么没有这样一个姐姐或者妹妹，为什么我的身边没有这么漂亮的女孩？他想起父亲每次回来那种死死亲吻母亲的贪相，他终于慢慢地举起手来，颤抖着往那红润的脸颊上摸过去，在就要接近那个小腮时，他的双腿发出与地面哒哒的磕碰声。家梅的眼睑动起来，乔小山忽然醒了，想起应该离开这个小屋，可是他已经走不动了。他听见家梅说：别动，别怕。家梅没有拉灯对着乔小山在淡淡的月色中说：你喜欢猫？他不知道该怎样回答，他已经不单单是喜欢猫了，但他却只能这样回答：喜欢。家梅慢慢地欠起身，慵懒地坐在床头。家梅说：我们家原来还有一只猫。乔小山瞪着眼，好像要寻找那另外的一只猫。家梅吐出一口气，女孩吐气的声音是好听的，像音乐中的一个轻音。家梅说：现在我给你说说那只猫，这也是我想求你帮忙的。

求我？

对。

求我啥？

家梅反过来问：我真的求你，你肯帮我吗？

乔小山没有犹豫，他还不到那种权衡利弊的年龄，他只记得站在床边时他曾经拱动的激情，乔小山的回答掷地有声：我敢。

家梅被乔小山干脆的回话感动。她说：我们家其实还有过一只猫，可村长看上了那只猫就给我们抱走了。我想那只猫，我想让你去把那只猫弄回来，我想了它两年了，你弄回来那只猫，我就把这只猫送给你。

不，我不要猫了。

不要猫，你害怕了啊？

不！我不怕。

乔小山说：我要你……

家梅一个激灵。

乔小山说：我要你天天不闩门，我要天天来看你。

家梅的脸被火烤了。

家梅说：乔小山，我知道你叫乔小山。你第一次进我家我就知道，我觉得你乖，我不管你，我知道你不是个坏孩子，我故意不闩门，我知道你还会来，我在等你。

乔小山问：你喜欢让我看？

家梅抓住乔小山的手，小山，你多乖，你想看猫你就来吧。

可你不能说我乖，我已经十四岁了。

家梅说：我都二十了，咋不能叫你乖？

不能。乔小山说：我已经长大了。

四

乔小山在村里走，天旱，乡村路上暄腾起一层土，走一步就腾起一片雾。村长家是个大铁门，这让乔小山有点为难，大铁门严丝合缝，封闭得太严了。后来乔小山看见了树，院里透出的树杈提醒了乔小山，乔小山走到村长家的院子后，看见挨着房身的是一棵大杨树，树叶在夜风中沙沙地响。乔小山勒了勒腰带伸开手臂去搂大杨树，大杨树太粗了，搂了几搂都搂不住，乔小山上了几步又滑下来。乔小山从大杨树上下来趿着鞋在北屋的山墙找到一棵细杨树，他先伸胳膊试了试，杨树比他的腰粗不了多少。他简直感动得要哭了，简直要对那细杨树作一个揖。他把一双臭鞋放到树脚下，两手搂着树一节一节地往上蹬，腿一曲一曲地往上移，他数了大约三十个数，看见了房顶。

他蹲到了村长家的房顶上。

乔小山坐在房顶上的时候觉得房顶太好了，星星和月亮都离他近了，房顶上要比路面上平整干净得多，房上的风也比下边的风儿爽。坐了一会儿，乔小山开始沿着房顶溜达，他在房顶的脚步是细碎的，脚步大了就会惊动房子的主人。他本来是要找个树下去的，可他看见了梯子，那梯子是用木头做的，梯子的两个大桩有碗口那样宽，他很小心地抓住梯子，一节一节落到了村长家的院子里。

乔小山猫着腰在院子里找着一只猫，后来乔小山听见了猫叫声。他站下来屏息地听，等着那只猫能再叫几声，他的眼在夜色中像一架探照灯，他在树荫的遮盖下蹽着脚。乔小山终于又听到了猫的叫声，循着叫声乔小山找到了猫的方向，但乔小山勾不到那只猫。

乔小山在心里说：猫儿，你把家梅忘了吗，就是你原来的主人。是她让我来带你回家的，你快出来跟我走呀。

后来乔小山又顺着树滑下去。

五

我看见了那只猫。乔小山说。家梅坐在小床边，手抚摸着卧在腿边的猫，两眼盯着对面墙上的一张画，画上是一棵松树和一只鹤，鹤的两眼和她对视着。家梅回想着那只猫在她身边的日子，回想着那只猫多少个深夜里喵喵的叫声。她听见乔小山说：可我捉不到那只猫。家梅扭过头看着乔小山，盯着乔小山的眼睛，水灵灵没有一点杂质的眼。由于说话的惭愧乔小山的鼻头上沁着一溜儿细小的汗珠。后来，她把手放到了乔小山的头发上，后来她又伸出另一只手，两只手配合着捏住了乔小山黧黑的脸，少年的脸软软的，热热的。家梅捂着那张少年的脸有些感动地说：喊声姐。

六

乔小山和家梅在又一天的夜里一齐来到村长家的房后，乔小山拉着家梅的手站在那棵杨树下，他和家梅一起抬头看着树，树冠在夜里是墨黑的一团，树叶发着零碎的哗啦声。乔小山说我就是从这棵树爬上去的。乔小山说着脱了鞋，两手搂着树往上爬。家梅一下子拽住了他。不，小山，你没见树叶上还有灯影吗？你进去是会挨打的。乔小山不情愿地退下来，嘴上嘟噜着。村长讹了人家的猫还敢打人。

村长家的房后是一片杨树林，村长家当年盖房是毁了一截树林的。

家梅拉着小山的手往树林走，草上的露水把他们的裤边沾湿了。走到一处土岗上，家梅搂住乔小山的膀子，眼静静地盯着小山：小山，我快要出嫁了，嫁到很远的一个村。

乔小山蓦然地有了一层茫然。他竟然搂住了家梅的腰，好像怕家梅马上就要跑了，就要到一个不知啥地方去，就像林里的鸟远远地飞走了。他的话带着一个少年的忧伤：家梅姐，为啥要嫁恁远的一个村，我以后还能见到你吗？

家梅叹出一口气，把小山的手往她的脸上搁，小山，姐还要回娘家哩。

乔小山不知道女人终归是要嫁人的，而且嫁再远也还要回到她的娘家来。乔小山想起第一次看见家梅那葱白一样的手，披散在胸前的长发，睡在小床上时胸前的颤动。他真的不想失去这样让他心动的场景，他紧紧地搂住家梅，在幽静的夜晚，在幽静夜晚的树林里闻见了家梅淡淡的呼吸，忽然一句话就蹦出来了：家梅姐，等我长大了你嫁给我吧！家梅的胸口通通地跳起来。家梅有了泪花，为一个少年的幼稚和真诚。家梅流着泪花摸着乔小山的头，摸着乔小山瘦小的身板，摸着乔小山尖尖的软软的屁股。摸得乔小山心里酸酸的，摸得乔小山有了忧伤。像往妈的怀里扎一样他一头撞在家梅的怀里。

好久，乔小山说：家梅姐，我一定要找到那只猫。

七

乔小山被村长踹了几脚。乔小山捂着肚子在地上打滚，两条瘦腿蜷到了肋骨上。乔小山捂着肚子骂村长不地道：你讹人家的猫算鸡巴啥人。乔小山骂了一句肚又疼起来，又捂着肚在地上打滚。这是一天的午后，乔小山改变了策略，因为连续几个夜晚都是徒手而归。离家梅出嫁的日子越来越近了。他要紧的是找那只狸花猫，乔小山就在一天的晌午后跳进了村长家，果然看见了那只狸花猫。猫卧在两溜月季花的中间，乔小山向那只猫走过去，乔小山蹑着脚去捉那只猫，那猫呼地站起来，惊异地瞪着乔小山。乔小山说你别跑，是家梅让我来捉你回去的，她那样想你，你难道就没良心地把她忘了吗？可是猫还是在院里跑。乔小山在猫的后边追，乔小山根本不是猫的对手。那只猫吓得叫起来，睡午觉的村长被猫叫醒了，乔小山就挨了恶恶的几脚踹。

乔小山是被妈背走的。乔小山趴在妈的背上歪着头，口水和眼泪混合着往妈的背上流。家梅远远看见乔小山伏在妈的背上，不知道该不该跟过去。这天夜里家梅走在大街上，离出嫁的日子实在不远了，家梅想好好看看把自己养大的村子，听听村庄的声音。后来她又去了那片小树林里，脚又踩在潮湿的草地上。她想起那天晚上的乔小山，家梅再也忍不住地去了小山家。

小山跪在地上，乔小山的妈坐在铺着粗布床单的床上，她现在有些迁怒自己的娘家嫂子，这娘家的女人对一只猫竟然这样的吝啬。因为一只猫才有了小山偷猫的事，她不想再回娘家了，看见那只猫就会想起独生子被村长踹得多么疼。她不让儿子跪了，她去拽儿子，眼里淌着疼儿子的泪。她拉着儿子说：小山，咱给你爸写信，让他回家时也带回来一只猫。家梅就是这时候推开了小山家的木头门，家梅的泪哗啦一声流下来。家梅说：嫂子，怨我，真怨我，我不该叫小山去为我讨一只猫。嫂子，是我让小山挨了打，你打我吧，嫂子。

乔小山抓住家梅的手，说：家梅姐你别泄气啊，我一定要讨回那只猫。

家梅几乎有点厉害地说，那厉害的声音里透着一种愧疚。不，小山，我真的不要那只猫了，我就要出嫁了，你一定要听我的话。妈有些乞求地抓住乔小山。小山，你家梅姐不要那只猫了，你就不要太犟筋了，再犟筋还要挨踹的。要不，我现在就去你舅家，把那只猫给你抱回来，我不信你舅妈就舍不下一只猫。

乔小山忽然哭起来。乔小山说：妈，我永远不要再看到那只猫。

八

牵牛花、喇叭花在那个春天还是呼啦啦地开了。乔小山在牵牛花、喇叭花、茇茇草织成的小路上跑，瓦塘人都知道乔小山在小路上跑。乔小山抱着一只猫，乔小山听见那刺耳的喇叭还在响，响着喇叭的车把家梅姐娶走了。乔小山跑到大路上时娶亲的车还是日日地跑。乔小山举着狸花猫，撕裂着嗓子喊着姐，雀鸟儿在头皮上喳喳地叫。一朵大红的花旋过来，长着翅膀在乔小山的眼前飞，乔小山一直在路上跑，满天的云都红了，那花一直跟着小山跑，和乔小山一起跑的还有那只狸花猫……

九

十年或者几年以后，家梅在一个秋天回到了瓦塘，她去了那个杨树林。世事已经变了，个体的养殖和种植到处兴起，到处是个体的小烟囱。她沿着杨树林走得很有情绪，风中的树叶声仿佛鱼在水面上飞，她找不到当初和乔小山说话的那棵树了，她后悔没有在那棵树上刻一个记号，她沿着树林漫无目的地跑着走着，想象着乔小山当年截她的那条开满喇叭花、牵牛花的小路，那飞起来的大红喜字，孩子的喊声。

她醒来时听见了猫叫，简直是美妙的交响，她往前奔跑，看见了一个院子，门口挂一个大木头牌子：瓦塘森林养猫中心。她推开门，在第三进院子终于看见了一片猫，一个胡子拉碴的人坐在一只狸花猫前，她听见男人在对狸花猫唱歌：月光下，月光下，月光下的猫……月光下，月光下的小树林，月光下，月光下，月光下的猫……

他的对面有个小石凳，她慢慢地走过去，慢慢地坐下来。她伸手去摸那只狸花猫，眼抬起来，慢慢地对已经沧桑的乔小山说：我来了。

笔筒

大雪之夜后的第三天，梅子收到一封信。是一个叫桉树的男孩写来的：梅，那个落着大雪的傍晚，我一直站在你的身后，看雪花飘在你的身上又渐渐地融化，我不知你为什么孤独地站在那棵路边的石榴树下，后来，你离开石榴树，在雪中远去……

桉树是她曾经的一个同事。那年梅子毕业暂时去临河乡机关工作，她和静住的寝室就在桉树的右边，中间隔两道墙，一道门。桉树是个喜欢雕刻的男孩，工作之余整天沉醉于雕凿。有一天，他的一个女同学从远方的一座城市过来看他，他正沉浸于一个大鸟的精雕。当他终于长舒一口气时，这位同学早已悻悻离去。桉树喜欢孤独，下乡的时候最感兴趣的是找奇形怪状的树根、奇形怪状的木头，对开在路边的那些叫不上名字的野花，摘一朵回去问乡医院的老中医。梅子在乡里时对桉树的认真有些好奇，也认识了很多野花、野草，她和静有时过去看他的木雕，梅子常常用一种带着笑意的目光去看很有个性的桉树。后来，梅子离开乡政府，按照父亲的设计进入这个城市那幢高大的综合办公楼，不知不觉进入父亲为她设计的一种轨道。按照这个轨道，若干年后她会有一个别人尊敬的称呼，甚至拥有一辆自己的“坐骑”。

可是梅子对这些不感兴趣。

进入这座大楼后，她在心里有了一种逆反，发誓生活的问题一定要依托自己的心灵。

这天，她和静坐在一家咖啡馆里。咖啡馆临着这个城市的一个湖，临窗而坐，可以欣赏波动的湖水，欣赏湖水之上的那些飞翔的鸟儿，听风吹过鸟儿的欢歌。喝一口咖啡，梅子拂一拂额头的发丝，那头发依然是乌黑的，没有像那些时尚的姑娘去染成棕色或者黄色，乌发之下是一双明净的眸子和微翘的鼻子。梅子把桉树的信递给静。还记得桉树吧？梅子问静时，眼睛平静地看着对方，凝视着静展信的动作。她看见静展信的动作很利落，一双美丽的眼睛已经投到信上，长长的睫毛衬托出那双眼睛的魅力。她们还在乡里的时候，桉树最喜欢畅谈的对象就是两个邻居——梅子和静。静在心里知道，桉树比较喜欢的是梅子，而静老是用一种平静而有内容的目光看着桉树……

静看完信，甩甩披散的头发，身子倚在靠背上，盯着梅子。梅子，你在等谁？梅子一直把静作为倾诉心肠的朋友，梅子说，你不知道吗？是他！闻芒！

静想起来了。问梅子，就是那个戴着眼镜的、热心古代建筑研究的闻芒吗?

梅子和闻芒是在石榴花开的那个季节认识的，在一个几乎长着清一色石榴树的小花园里。她看见闻芒时，闻芒正呆呆地盯着一棵石榴树，像是要把一朵花吃进眼里。梅子那天想找一个僻静的去处，想来想去觉得石榴树下才是平静的，细细长长的枝条，细碎均匀的叶子，红艳又很平静的花朵，就走进了曾经进过的石榴园。她是无意间和闻芒对面站到一棵石榴树下的。闻芒像一直在等他期待的一个听众，竟然不经同意滔滔不绝地向梅子讲起了石榴树。闻芒说，石榴树看起来普通，但其实很尊贵，如果留心的人会发现，在古代的皇宫，在那些名人雅士的官邸几乎都有石榴树，它是一种普通但高雅的树种，别看那些花碎，但颜色独特鲜艳，我们这个城市的前任市长就是一个石榴花的专家，就是在他操作下把石榴花定为了市花。我在对古代建筑的研究中发现，几乎每一处古代建筑处都有石榴树的影子，我们这个城市流传着很多石榴树、石榴花的故事……梅子有些贪婪地听着他的谈吐，手里捏着石榴花，慢慢地举到了胸前。这个萍水相逢看上去文质彬彬的男孩，谈起石榴花竟然如数家珍。

他们真正相识相约是从那棵孤独古老的石榴树下开始的，就是梅子那天在雪中站立过的那棵石榴树。五月的石榴花开得正艳，梅子站在文庙前那棵古老的、分出好多枝杈的石榴树旁，看鸟儿、蝶儿、蜂儿在花枝间缠缠绵绵，缠缠绕绕。凝眸中听见了相机快门的声音。抬起头她看见了闻芒，她的心颤了一下，真的还能见到曾经萍水相逢的他。闻芒陪着两个老外端详着树皮虬裂的老石榴树，用一口流利的外语向他们讲解着这棵古城几乎最古老的石榴树。梅子凝眸的样子让老外感到可爱。咔嚓，他们拍下了她静观石榴树的神态。对不起，我们没经你同意拍了照片，可以吗？闻芒这时候才看清了梅子，赶忙伸出手来，你好，他们向你表示歉意呢。

没什么。她很大方地回答。

等照片洗出来，送你一份。闻芒说，我们还要去另外的地方看石榴树，一起去吧。说完，闻芒又把脸扭过来征求老外的意见。

女老外已经跑过来拉她的手，男老外直直地看着梅子：有这样漂亮的中国女孩做伴当然高兴。

那天中午，她和闻芒陪老外一起吃饭，宴席上闻芒侃侃而谈，老外听得很专注。几天后闻芒把相片送给梅子，然后他们去了郊外的河边，在岸边青青的草地上她听闻芒讲述着河流与古代建筑的渊源。河水静静地流淌，水中映着树的倒影。静不知他们以后的发展，因为后来梅子去了省城一所学校深造，静也忙于调离，离开乡政府进了城里的一家公司。静在离开乡里之前对那个朴素的院子显得有些留恋，离别之前的那个夜晚她站在桉树的房子里，看扔得满屋的树根，看那些栩栩如生的雕刻，忽然觉得不应该离开这些焕发了生机的树根。她抓住一个树根久久地端详，根的枝杈很多，像几十只小蛇附在一个大蛇的身上。桉树在雕凿一个笔筒，笔筒像一个古代的陶器，那些小树根被他精雕得像一只只少女纤细的手附在笔筒周围。雕凿的过程她一直看着，看了几小时。机关的夜很静很静了，她听见了窗外的蝉鸣，听见了窗外葡萄的生长和葡萄的落地。她说，桉树，我调走了。

桉树没抬头。雕刻刀在树根上划动。好久，桉树扭过头，甩甩几乎盖住眼的头发，把一只笔筒递在静的面前，留着吧，为了纪念我们曾经相邻。静抬起一只纤细的手撩开掩住桉树眼睛的头发，看见那双眼睛里闪着一种诚挚的光。静把笔筒搂在胸前，听见自己的心脏敲打着胸前的笔筒。

她不知道该说什么了，她的目光久久地看着那个长发掩饰的脸。在离别这个单位之前，她几乎在桉树的屋里度过了最后一个夜晚。

桉树的一句话，挡住了她的一些话语。桉树说，还有一个笔筒我一直想送给梅子。她们呷了一口咖啡，看了看窗外的城心湖。静问，你收到那个雕塑了吗？那个笔筒。

梅子摇头。

梅子跟着闻芒兴奋地去看那些旧胡同、石牌坊、老槐居、花市街，去看那些古色古香的建筑。梅子相信了石榴树与古代建筑真的可能有着一脉相承的关系，那些古老建筑旁边真的都能看到石榴树，或者在建筑物上看到那些雕刻的石榴花。梅子看了闻芒写的那篇考古文章《古代建筑风格与石榴树》。梅子感到他抓准了一个角度，不知道其他城市的建筑和石榴树的关系究竟如何，而他居住的城市和石榴树的关系是确凿的，经得起推敲，经得起论辩。

这多好，研究牵动历史，又不受现实红尘的干扰。几年来，梅子似乎一直在有意逃避，不知道自己究竟在逃避什么，但闻芒让她找到一种逃避的依靠。陶醉在古砖石瓦、古树古花之中，远比把一个人向一个岸上硬推多了一分心灵的自由、心灵的栖息。

父亲是从小车上看见她和闻芒的。

黑色的奥迪在光洁的油路上滑行，在朝外一瞥的瞬间，他看见了女儿，和女儿在一起的是一个男孩，他们脸上都挂着一层笑意，非常舒心、非常惬意的笑。这个年轻人是谁？怎么跳进梅子生活的？老人心里一震，好像蕴藏的一种担心终于要发生了，仿佛要失去什么。所以进入家门的第一件事就是传梅子回来。

梅子本来是要和闻芒在一家叫古乐斋的酒吧里吃饭的。那家饭馆有古筝演奏，有埙，有清悠的箫声，有穿古装女人的表演。埙吹出来的《楚歌》让她和闻芒都落过眼泪。力拔山兮气盖世，壮士一去不复返……项羽和虞姬的悲别让人心恸，使他们暂时沉浸于古乐氛围中不能自拔。梅子愿意听闻芒叙说，那种透着古韵、透着磁性的叙说。闻芒对古建筑、古音乐、石榴树的娓娓讲述让梅子感到新鲜，感到一种逃脱的快乐，比父亲的那些说教，比整天触摸的那些单调的文件要生动得多，简直是另一个世界的内容。梅子有些庆幸自己的那次石榴园之行，庆幸和闻芒的偶然相逢。

父亲不容置疑让她回家的电话使她有些心乱，有些不大情愿，女子乐队的古典箫声才刚刚吹起，再接下去该是那首百听不厌的《春江花月夜》，但父亲似乎有事要说，这种从小的乖顺现在连她自己都有些腻味。一种烦躁涌动起来，她叹口气，恋恋地看一眼闻芒，纤细的手滑过闻芒的手臂，恋恋地看一看台上文静如水的仕女，还是在刚刚吹起的箫声中起身离开了古乐斋。

在宽敞明亮的家，在宽大的客厅里，她看见了小曹，笔挺的浅黄色西服，红色的领带，一张似乎永远有内容的脸，一种永远挂在脸上的浅笑。

小曹是她接触几年的朋友，男朋友。是父亲特别喜欢她接触的年轻人，小曹每次到家里来似乎都能挑起父亲的兴奋，父亲会显得很高兴。

晚饭是和小曹在一起吃的，就在他们的家里，坐在一起的还有她的父亲、母亲。那顿饭梅子吃得味同嚼蜡。吃完饭，小曹要告别时，父亲示意梅子去送送小曹，但梅子几乎在一刻钟内就返身上楼。

咋不多送送小曹？

梅子说，他走了。

父亲远远地看着她，眼神里似乎露出不满。

每次和父亲说话，每次和父亲和小曹坐在一起，甚至每次走进那座大楼，或者坐进父亲的小车，梅子眼前就幻化出一种轨道。父亲一直试图把自己开进一个站台，梅子就像已经踏进轨道的一列火车，包括穿西服、打领带的小曹都是父亲引导她进入站台的一部分。小曹已经是某局的副座，几乎是全市最年轻的干部。梅子有时逆反得简直不想再踏进那个综合楼一步。

几天后的一个傍晚，梅子和闻芒终于坐在了古乐斋。他们品尝着葡萄酒，葡萄美酒夜光杯，红色葡萄酒在霓虹灯照耀下闪着波光。他们静静地聆听了一场古典音乐，而后她像一个学生似的聆听着闻芒对古乐的介绍，听他磁性地讲着古典音乐与古典建筑与古代民风。然而这种魅力的聆听却是一段故事的结尾。

一个晚上，在梅子的家，闻芒和梅子的父亲有过一场不愉快的争辩。梅子是故意把闻芒领进家的，她幻想博学的闻芒能打动父亲，而闻芒也想借这个机会和她的父亲提出一个关于设立古建筑研究协会的建议。谈话从开始就透着一股火药味，因为梅子的父亲进门看见那个和女儿一起在路旁站立的小伙子就有些心烦。老人用他一双敏锐老成的目光看见从闻芒身上透出的只是一股学究气，而缺乏小曹的那种朝气和精明。老人说，好了，好了，不要滔滔不绝地向我讲述你的古代建筑研究，什么古树、古乐、古建筑、古代民风。这些是学问我承认，但大都是你们偏执的艺术人才的见解，一个城市，一个地方更需要的是现代化的高大建筑，现代化手段需要的是经济发展指数。梅子的父亲对闻芒显得很不客气，试图给他一个下马威。

闻芒的幻想破灭了，也放下了起初的矜持，他激动地站起来。闻芒说，古建筑是人类的经典，我们正是从这种经典中走过来的，现代建筑艺术甚至达不到古典的那种境界。古罗马的罗浮宫、埃及的金字塔、北京的故宫、开封的相国寺都是经典。还有我们把石榴花定为市花，难道不是沿袭了古代的文化？可我们对市花采取了必要的保护措施了吗？难道古建筑影响了经济的发展了吗？我们至今保留的那些古色古香的胡同、民居影响了生活的节奏、经济的发展了吗？

闻芒忘记了含蓄，忘记了尊重，在捍卫对自己崇拜的学术尊严中据理力争。

梅子的父亲终于有些冷静了，也许他想到了身份，也许被这个孩子的演说震住了。但他竟然把心中的担忧吐了出来。他说，我知道你是闻芒，你对古代建筑、古代花树，对古典音乐都有一定的研究，你在研究分析它们相互之间的关系。小伙子，我告诉你，关于你和梅子，你们在一起学习，梅子想了解古典，古典建筑的知识我支持，我欢迎。但梅子现在在一个重要的部门工作，那里的业务才是她的重点，还有，顺便告诉你她的朋友是七局最年轻的副局。

梅子几乎要喊出来了，你说的啥呀，如果我不想在你的轨道上走呢？母亲过来把梅子拽了过去。

闻芒走得很匆忙。

闻芒走后，梅子带着泪水站到父亲的面前，然后，嘭的一声关上了自己的房门……

古乐斋成为他们最后一次相聚。几天后梅子收到闻芒的一封信。闻芒说，现在我知道该怎样去做，我不做你人生轨道上的拦路石……

梅子恨这个闻芒，也许两个人都在赌气，从此真的没再联系。不久，梅子又一次去了省城学习，石榴园中的相识被一层时间的沧浪之水隔断。

听完回忆的静摇摇头。

梅子说，你不要不相信，那小子真的失踪了。

所以你又去那棵石榴树下等待？

梅子说，对，我还去古乐斋，去石榴园。我上班的时候有一种关在笼子里的感觉。我总是闻见石榴花的香气，听见树叶的飒飒声，看见鸟儿掠过那些石榴树的上空，有时在梦里也是这样。

在梅子说这些话的时候，静看见的是那些横七竖八的树根，是那个留着长发，用一把小刀在那些树根上雕凿的桉树。

静看着梅子，愿你如愿。

梅子的眼里透出的是一种固执。

梅子再约静是在古乐斋。

梅子又把一封信递给静，还是桉树写的：梅子，我又看见你站在石榴树下的身影了，风掀动你红色的风衣，在我想走近你的时候，你坐车走了……

是真的吗？

梅子点头。

你应该多待一会儿，见桉树一面！梅子沉默着，静知道她在想念闻芒。而她又想起那个长头发，现在已调到市群艺馆的桉树，穿着褪色的牛仔，很酷的样子。

梅子说，我一定能见到闻芒。

静点点头。

她们在古乐斋喝茶，听了几段古典音乐。走出古乐斋的时候起风了，风把两个女孩的头发刮得飞扬起来，两人手挽着手往前走。静说：在你回城后，桉树说想见你，后来你进了那幢大楼，桉树又不想去那座楼里见你。这可能是在石榴树下偶然见你后，再去石榴树下等你的原因，也可能知道你在等待闻芒。

梅子说，男人真是奇怪。

静说，男人看我们可能也觉得怪。梅子在风中捋着头发，梅子说，静，我感觉你其实应该去找桉树。

和梅子分手，静踏着碎步去文庙。在文庙前她找到了那棵古老的石榴树。那些枝杈在冬季的风雪中依然昂然地挺拔着，雪凌挂在枝杈上。她在树下站了很久。再以后，静会散步似的走向文庙，走向文庙前的那棵石榴树，有时久久地看着树，看着庙，古典的庙宇衬托得石榴树越发显出一种古典的韵味。

风把一截截时光刮走刮远了。

静好长时间没再和梅子见面。

春天来了，石榴树上已经又绽出花蕾，那花蕾小小的呈一个个椭圆形，花蕾掩在长长的树叶中。静看见鸟儿的翅膀掠过树顶，有时细细的腿儿从这枝跳到另一个枝上。终于，梅子打过来一个电话，梅子在电话里显得激动，我找到了，找到他了！那几天我在几处古建筑群落来回转悠，在已经开花的石榴园转悠，我在石牌坊找到了他，他从另一个城市来，来看古建筑，陪两个同行和一个老外……

静流泪了，不知怎么就流泪了。她想象着梅子和闻芒相遇的情形，梅子肯定会有眼泪，那是憋了好长时间的泪水，是从心底里流出来的。女人就是这样，眼泪可以表达思念，表达委屈，可以占有感情，甚至占有一个男人。在接到梅子的电话后，静又想到了那棵古老的石榴树，踏上了那条熟悉的路，她眼前浮现出那些雕刻的古瓶，那个雕刻细腻的笔筒，那些栩栩如生的鸟儿、马儿……

梅子最后再约静是在火车站。

远远地静就闻到了一种远行的味道。车站，多少人相逢又相别的驿站。静去火车站为梅子和闻芒送行，闻芒被聘到省外一个城市，专题进行古建筑研究，梅子完全辜负了父亲的希望，她辞去了工作，和闻芒一起去那个城市，不能再让闻芒失踪了！就连在站台梅子也紧紧地贴着闻芒。静从梅子的眼里看到了一层情绪，闻芒和梅子像一对私奔的男女，除了她，今天没有别人送行。

梅子远远地向静举起相机，静，给我们照张相吧，我们就要和这个城市告别了。

静向他们举起手，眸子已经开始潮湿，向他们喊着，等等……

桉树从候车室的廊道上走了出来，手里恭敬地托着一个雕凿精细的笔筒，一脸虔诚地走向梅子，笔筒在阳光照耀下闪着光泽。静微笑地看桉树向梅子走近，当那个笔筒递到梅子面前时，嗒，静按下了快门。在按下快门的瞬间，静眼里的泪水涌了出来，迷蒙中她看见梅子向她奔来……

远方传来了列车的笛声。

豆

一

我看见了豆——那些大豆。它们分别装在几十个缝制的荷包里，荷包上模糊地绣着年份；比如1942、1943、1944……1949……1994……1996……

那天凌晨，我钻到了奶奶的楼上，搬掉陶罐上的石板我摸到了那些荷包。我感谢母亲临终前告诉我奶奶的这个秘密。我掏出最早的荷包，试图闻出发霉的气息，我很失望，我闻到的仍然是大豆正常的气味，带着微苦的馨香，特别干燥，陶罐里掉落的一粒大豆裂出很多细小的皱纹。借着熹微的晨光，我看到楼上除了陶罐，角落里有一个老柜和几件用旧的农具，上下楼门都锁得很紧。我恋恋不舍地看着那些豆，眼前是一个老人用一粒粒大豆打发的光阴。

二

奶奶一生有很多次的坐立不安，在预感她盼望的日子即将来临时她朝着墙头开始端详爷爷的照片，等待着照片上的人来到眼前，这个一走不回头的男人让奶奶一生受尽了煎熬。接着她开始打扫房子，安排床铺，在她的枕头旁又放一个枕头，多准备出一个人的食物，在夜色里焚香。她在预感非常强烈的时候爬上楼顶，向远方眺望，晃在手里的是一个又新绣的荷包。

我似乎看见爷爷曾经走回过瓦塘南街，一个黄昏，非常消瘦的爷爷像一个鬼魂，事实上爷爷的身影始终没有出现，奶奶无数次地把枕头拿出来又重新放回。在我发现陶罐的秘密后，开始同情一个老人的痴情，在她后来病重时，我每天都给她递过去几粒黄豆，我看见阳光穿过天窗又穿过黄豆，她艰难地凝视，打战的手使劲地捏着一粒大豆，手暖过后再搁进身边的小罐，每天十粒，在除夕的夜晚她正好又绣好了一个荷包，她把积攒下来的大豆从身边的小罐装进荷包。

我不止一次地想象奶奶晒豆的情景，尤其在她积攒了越来越多的大豆之后，我想象楼顶上的那一层金黄，像金色的玛瑙，滚圆金黄。一个老人在她七十岁、八十岁以至九十岁左右晒黄豆的过程是多么艰难而又繁重。奶奶从屋里上楼梯是十二阶，从楼上上到楼顶是十三阶，奶奶要像走独木桥一样走过二十五阶的楼梯。奶奶从来不相信爷爷已经死亡，在她九十岁时还抱定爷爷一定会回到瓦塘南街。

第一次晾晒大豆是在暮春，太阳最为明媚的季节，天气暖和而少风雨。楼上的阳光无遮无拦，奶奶爬上楼顶首先要完成她每天一次的遥望，大多的时候她面向村西，目光里是村外的沧河和沧河桥，水轻轻流淌，像转眼已经流逝的几十年光阴。每一次遥望她都会有一种心疼，仿佛看见在河边饮水的牛羊，还有跳跃在河边卵石上的小鸟，从石缝里挤出的青草或者野蒿。那个我叫爷爷的人那一年涉过沧河再也没有回来。奶奶的目光透过树梢看见一条漫长的铁路，已经不再使用的塔岗车站已经长满了荒草。她不说话，她已经修炼得没有了说话的欲望。

奶奶手握笤帚，细心地打扫房顶，她不容许房顶上有任何能掺进豆粒的东西，她扫得很细，包括鸽子和麻雀之类的鸟粪。而后是烦琐的搬运，奶奶按顺序打开陶罐，把荷包分类搬上房顶，在打开每一个荷包时她先闻闻，她很欣慰地没有闻到异味。下一个步骤是把荷包里的豆粒轻轻地放在楼顶，这样的过程奶奶表现出极大的耐心，她把荷包依次摆好，再用带到楼顶的铅笔画好白线，然后一个一个地打开，再一粒粒数荷包里的大豆。按我后来的了解，前十年，前十五年奶奶每天只数一粒大豆放在身边的一个小如酒壶的陶器里，这样一年下来是365粒大豆，每年的除夕，奶奶在上完除夕夜的整炷香时，她虔诚地拿出已经绣好的荷包。她在往荷包里放的过程还有一个数数的过程，一粒粒捏得很细，她在数够365粒后把豆粒缝进这一年的荷包，荷包上缝着19××年，如果有任何疑问奶奶会不厌其烦地再数。这是一个细心又漫长的过程，漫长如逝去的光阴，几十年奶奶就是这样过来的，而在十五年或者最多二十年之后，奶奶每天开始数十粒大豆放进身边的陶器，这样一年下来就是365天×每天10粒黄豆，一个荷包已经装不下去。荷包就是从这一年变大也增加了数量。奶奶在楼顶晒黄豆是一个漫长又细心的过程，在一包包打开时，她要验证那些荷包里的黄豆是否够数，摊开几十包黄豆时已经是日上正午，阳光更加灿烂地照在楼顶。那些黄豆在阳光下返着金光，晃着奶奶的一双老眼，她戴着花镜守在楼顶，恹恹欲睡，整个一天她不会下楼，鸽子和麻雀从楼顶掠过，看见奶奶又翩然地飞走。太阳差不多要开始滑下树尖，爬下了几层树枝，奶奶开始卸黄豆的过程，比晾开还细，奶奶捏着荷包，又数着一粒粒黄豆，再把一个个荷包缝好，直到把几十个荷包装好，太阳看不见了，留下的只是余光，细微的余光，荷包全装进陶罐后剩下的只是最后的一抹夕阳。

这样的晾晒每年还有一次，通常是在暑期之后。

三

有一件事让母亲甚觉惭愧，她竟然会走在奶奶的前头。那年秋天，我一次次推着母亲往地里走，我们看见了大片的豆，我推着母亲，看见大豆从麦茬间长出来，又长成了秋天的大豆，大豆枝枝杈杈像一片树林。母亲青筋暴突的手握住车厢，细黄的头发在阳光中疲倦颤动，她使出所有的力气凝视，看见鸟儿翅膀一样的叶子，豆荚在天空下又一次镀上金黄。我听见母亲说，站住！大地的坦荡让我激动，我没有听见母亲的战栗，不懂得母亲的灵魂正沿着一种她激动的方向开始逃逸。我仰起头，天蓝得水洗过样干净。每一次我都把母亲从车上扶起来，让她尽量接近豆的地方，她亲手种下的大豆正在那片土地里热切地等她。母亲的脚步开始轻盈而又虚弱，只有仔细谛听才能听见她的脚步和土地的触点，像蜻蜓点水，在母亲走过草地时发出噗噗的响声，大豆在阳光下蓬勃生长。这是农历的七月，这是七月阳光的下午，在每天的下午，黄昏来临之前我都和母亲逗留在豆地旁，我们倾听着大豆的成长，阳光白银一样的光箭穿过稠密的豆棵，在豆地投下无数的碎影。我们每天一次穿过瓦塘南街，然后穿过一条青纱筑成的长廊。这是母亲种植的最后一季大豆，这一年的大豆长得格外稠密，一派丰收景象。在小麦生长快要接近成熟的日子，母亲亲手把大豆点到了小麦的垄间，最后一垄即将点完时是一场密集的夏雨，母亲低着打湿的头发，衣裳贴到了她瘦弱的身上，她勉强点完最后一粒大豆，身体虚弱地抓住锹把，终于跌坐在潮湿的草地上。母亲不知道她种下的大豆她还能不能收割，她好像有一种预感，这是我们家历史上面积最大也是她最后点种的大豆。一天黄昏前我们看见了提前来到豆地的奶奶，她一手拄着拐杖，一手握着几枝还发青的大豆，她苍白的头发被阳光晒成一头雪白。奶奶像往常一样不说话，她远远地看着我们，在走过母亲身旁时她停下来，她终于讲了最多的话：你不该这样，你要活下去，你说好的要和我做伴。然后她飘过我们身旁。母亲扭过头，我听见母亲说，我会留下足够你用的大豆。

这就是母亲每年都要种豆的原因，母亲那年为什么种下了比往年都要多得多的大豆。母亲说，其实我是你奶奶的女儿。母亲说她最初认了奶奶干娘，母亲和奶奶算是萍水相逢，患难与共。母亲见到奶奶那年八岁，那年奶奶走在寻找爷爷的路上。母亲是在逃饭的路上和大舅大姨走散的，在一个凌晨奶奶从一个草垛里钻出来时看见小手露在外边的母亲，母亲头发杂乱得如一篷干草，睡在草垛里的样子让人可怜。母亲就这样跟上了奶奶，拉着小脚的奶奶走在深山的角落，后来的一天黄昏，奶奶在一个破庙里让母亲行了跪拜的仪式，庄重地拉起母亲，说，从今后你就是我的女儿了，我来养你，你听我的话。母亲跟着奶奶继续走在大山里，奶奶在山崖上喊爷爷的名字，她让母亲喊爹，母亲摇头，说我爹和娘都不在了。母亲说你忘了你认了我做娘了吗？你喊干爹，母亲的喊声从此回荡在山里，那铜铃声招来了狼，狼看母亲可怜兮兮的样子又转身走了。这都是母亲在最后一次次走向豆地时对我的叙述。母亲说在此后的几年，又跟着奶奶去过很多的地方，总是失望而归，其实你爷爷可能早已经死了，你奶奶却不甘心。母亲说你奶奶在我二十岁时让我嫁给了你的父亲，我越来越看出了你奶奶的心计，她在路上哪里是拾了个女儿，她是拾了个媳妇。母亲的叙述停下来，在夜幕降临时我把她扶到了床上，母亲的叙述还余犹未尽。她还说到了村里的三个男人，说他们都对奶奶抱有幻想，叫奶奶疯婆子，说奶奶的心比石头还硬。奶奶一次次抛开他们的目光根本不理他们，最和他们接近的一次是奶奶声嘶力竭地大喊：我男人还在！

你男人早沤成渣了。其中一个男人说。

奶奶首先淘汰了这个男人。这个男人为自己说过的话后悔不迭，他有一天跪在奶奶的楼下，请奶奶原谅，他说我说错了，你男人还在，可能去了一个更远的地方，他把瓦塘南街忘了，他不是故意的，但他失去了记忆，甘心情愿地在另一个地方做别人的爹和别人的爷爷。

奶奶说，你胡说八道，他在什么地方做别人的爹做别人的爷，你把他找来，或者你带我过去让我见证他是真的回不来了，他真的还在，甘心情愿地做别人的爹和做别人的爷，我可以跟你。

奶奶当然没有等到找到爷爷做别人爹做别人爷爷的地方，那个男人找不到爷爷，他理所当然做不了我的后爷。

我完全可以想象关于奶奶的这种传闻，像奶奶这样的人高马大在瓦塘南街不可能不招人爱慕，即使奶奶真的再嫁我们也完全理解。奶奶不断地去塔岗车站，就是我在前边提到的那个如今已经荒草丛生的地方，那个车站一次又一次出现过奶奶孤立的身影，她像一棵开在一片孤地上的野蒿，然后她总要走过沧河桥，有时候要涉水而过。瓦塘南街的第二个男人总是适时地出现在沧河桥上，漫过石桥的是哗哗的流水。一个雨天，那个男人弯下腰把高大的奶奶背过了河岸，对奶奶说，也许你找的人有一天也会涉过河流。在又一个黄昏，这个人去了塔岗车站，告诉坐在铁轨旁的奶奶，时光不早了，该回了，我问过了在小站停的车已经过完。他把奶奶扶上一辆驴车，不断地拍打驴的屁股，一路上他不说话。只是隔几日会来车站接一次奶奶。有一天奶奶长叹一口气，说，得不到他的消息我无法嫁你。那个人最终走在奶奶的前头，他在又一次赶驴车出去时，回来的路上他坐在塔岗车站，车站已经荒草丛生，他坐在一截生锈的道轨旁，先是打着呼噜，后来呼噜消失，奶奶摸他的下巴时他嘴上的胡子已经冰凉。奶奶说，又一个人被我等死了。

母亲说，曾经有几年，一个男人不断地往我们家送来粮食，帮父亲修补我们家的房顶，赶着牲口过来和父亲一起耙地，有时候躺在我家的牲口棚里过夜。第二天又帮我们家干活，他不声不响地坐在奶奶的身旁抽烟，奶奶的脸前飘满了烟气。这个男人有一年让奶奶坐上马车去外边走了八天八夜，到处去查找爷爷的下落。这个让奶奶后来还曾经挂念的男人在车上搁了一桶糨糊，另一个破桶里是一叠写好的寻人启事，八天时间他把启事贴遍了所有走过的地方。奶奶不说话，每天晚上都把一粒大豆放进身边的陶罐，豆粒掉进罐里当啷一声。传说这个人曾经死死地抱紧奶奶，猪一般号哭，求奶奶不再折磨他的等待。奶奶说，我死不见尸，活不见人，你怎么让我忍心嫁你。这个男人疯狂地赶着车，几次要把奶奶从车上颠下，男人不坐车，在后边疯狂地奔跑，大把地流泪，几年后这个人抑郁而死。

四

那一年我们家的大豆给母亲做了葬礼。

母亲殡葬的那天奶奶选择了又一次晾晒大豆，在楼顶上，她说我的又一个亲人走了。她面向远方，念念有词，他爹，这一次你又熬走了一个，因为你村里已经走了三个男人，我都打消了他们的念头，这一次是我们的干女儿，也是我们的儿媳走了，你如果再不回来我可能等不及了。奶奶不知道她自己又活了十年还多，这十年里她又熬走了村里几十个和她同龄的老人。这一天，奶奶及早把大豆搬到了楼顶，秋天的日光很亮地照着大豆，豆在楼顶倾听另一个院子传来的哭声和哭声间隙的唢呐，小麻雀掠过楼顶又掠过母亲的葬礼。我在悲痛之余朝向奶奶的楼顶，奶奶眼前是白色的挽幛，接下来在唢呐疯吹的午后会旋起一片白幡，在瓦塘的上空飘荡。无比悲痛的午后奶奶在楼顶无声地哭泣，她说我的最孝顺的女儿——儿媳走了。后来她俯下身手摸着楼上的豆，几十个荷包分别压在楼顶的几个角落，奶奶抓着哗哗的豆悲伤地诉说：这么多个日子了，我的老头他还不回来真没有良心，真要让我失望啊。后来奶奶数着数儿低头装她的大豆。我在葬完母亲后，在回来的路上想着母亲的嘱咐，她说：孩子，你一定要多留些大豆，每年都要把你奶奶外边的那个陶罐装满，那是你奶奶的寄托，让她数着豆多往前走走。母亲最后让我知道了奶奶的秘密。

记得那一年我遇见了好多顺和不顺的事情。第一件事是我把奶奶的瓦罐装满了黄豆，然后她就可以再从瓦罐里一粒粒数着搁进身边的小罐，再缝进荷包，最后转移到楼上的大陶罐里。在我往瓦罐里倒黄豆时奶奶在老柳圈椅上正襟危坐。她看着我，后来拾起拐棍敲了敲我的屁股，说，小旷，屁股不小了，该找一个媳妇了。我没有正面回答，这一年我和奶奶的积怨才刚刚消除。和奶奶的积怨是那一年我报名参军，无限光荣，电线杆上都这样写的。我很顺利地通过了镇里武装部的初检和县医院的体检，最后是奶奶知道了我要当兵的事跑到民兵连长的家，找到带兵的连长和干事。她说，我想跳井。带兵的不知所以。奶奶接着说，因为你们要带走我的孙子。结果带兵的怕出事不敢再带我走。带兵的很惋惜地来做我的工作，对我说好男儿志在四方。从此我不再踩奶奶的屋门。如果不是母亲告诉我她瓦罐的秘密，我不会爬到楼上，不是母亲嘱咐一定要供应奶奶黄豆，我不会哗哗啦啦往瓦罐里倒那些大豆。

那一年奶奶拄着拐杖去了大街，瓦塘南街飘逸着一个老人的白发，为了孙子的婚姻大事，她开始说话，她在村里为我物色姑娘。结果她给我物色的都是大屁股大奶的女孩儿，这些女孩不是她们看不上我就是我一概拒绝。我根本没有考虑婚事，不想考虑，我的心事不在瓦塘南街，不能当兵我开始自己出去闯荡，屁股再大的女孩儿我也不会上心。我把奶奶的张罗看成是我的耻辱，好像我已经濒临婚姻的危机。在给她倒满了瓦罐后我开始离乡背井，直至现在我还在远离瓦塘南街的乌市。

在离开家乡的第三年，有一天我忽然特别想见到家乡的大豆，我的眼前铺展起辽阔的豆地。我一次次想起我推着母亲去豆地的情景，奶奶艰难地去楼顶晒她的大豆。我疯狂地去了乌市的粮食市场，买回几斤大豆，回到住的地方我开始一粒粒数豆，数的结果是我又去街上买来一个陶罐，把豆子往陶罐里放，放着放着我哭了，我把脸埋在陶罐里哭，哭声非常豪放。我回了瓦塘南街，去看了奶奶，她雪白的头发更加雪白，想找到一丝黑发很难。我抓过她的手，她的手里正抓着几粒豆，她从床头摸出一个荷包，上边写着我的名字，她说，这是你的，你数一数你离开家已有多少日子。

奶奶死于母亲离开人世的十一年后。奶奶在那个冬天留下了关于处理她大豆的遗言。奶奶说，把这些大豆全部给我陪葬。父亲睁大惊奇的眼睛，装满陶罐的大豆和荷包亮在父亲眼前。奶奶说，有什么不舍，这是经我的手几十年保存下来的为什么不让它们跟我？父亲没有争辩，父亲从来不喜欢争辩，父亲已经计划好了，等奶奶真的命归黄土，刨一个大坑或者再做一个匣子，装上几十包大豆埋在奶奶的旁边。甚至父亲想象着那些大豆经过地下的水汽，蓬勃而出，奶奶的墓地将会有一次壮观，几万粒大豆开出几万棵豆苗蓬松成一棵豆树，如果都结出大豆，开出豆花将是瓦塘南街史无前例的风景。父亲曾经对周围的人说，看吧，等我娘老了会有一次壮观，你们就等着去我娘的墓地看吧！老，在我们那儿是指一个人的离世，是为避讳那一个“死”字。父亲甚至在一天午后坐在河堤上遥望我家的祖坟，努力想象奶奶死后即将出现的一幕将是多么夺眼，那么多豆苗从一个坟地挤出又开花结果是怎样的一番情景，那么多绽放的豆花会多么绚烂。可是奶奶改变了计划，她在大限真的即将来临时告诉父亲，我不要那些黄豆陪伴我了，我不能浪费。然后她指着一个包，里边装满鼓鼓囊囊的豆子。她说这是每年只有一袋的12粒豆子，一个月一粒，我装好了我只要这些陪葬。父亲在听完奶奶的吩咐后有些沮丧，这个老娘怎么可能出尔反尔，我不是白等了那些豆苗疯狂生长的壮观吗？

那一年，我母亲走后的第十一个年头的秋天，奶奶平静地走上楼顶。她在生命的最后一天又一次晒了大豆，大豆包在了荷包里，没来得及卸下再装进陶罐。她斜倚在比她还老的楼墙上再也站不起来，她朝向远方，最后一次眺望，完成了她平生最后的等待。

第二年夏天父亲把那些大豆全种进了地里。那一年我在遥远的一个小镇打工，那个小镇的古色水汽迷惑我流连忘返，更重要的我在水乡喜欢上了一个古色水汽的姑娘。就在那年秋天我接到了父亲的电话，父亲在电话里激动地叫喊：小旷，你快回来，我们家的大豆好收了，我从来没有见过这么高大的大豆，大豆果然成了村里的风景，我每天都要坐在地头接待来参观的人，还有一拨拨飞来的喜鹊麻雀。小旷，你一定回来，你回来帮我。我忽然意识到了时间，父亲又在电话里喊我，全村的庄稼都收了，咱家的豆我不舍得收，我想让它们长，让它们长疯……

我紧紧握住手机，我听见了父亲的哽咽。

父亲说，要是它们长生不老多好啊，可它们都要炸了，都炸豆了，我还是不舍得收！小旷，你一定回来，看它们长得多好，我们爷儿俩收回家。我握着手机，远远的我听见了炸豆声，砰砰啪啪，金子一样落地，在太阳下耀眼，整个瓦塘南街眼花缭乱，满地金黄。我握着手机，疯狂地往车站跑，我对父亲喊，等我——等我——一定等我……

我在路上狂奔，眼泪豆一样落在小镇的大街。

夏天的老夏

一

老夏频繁地往街上跑从一张报纸开始。那张报纸上有一篇关于见义勇为的报道：一个和他年龄差不多的人，在湖边摆一个钉鞋的摊儿，因为见义勇为，儿子高考差几分不到一个高校的分数线被破格录取了。老夏把报纸藏起来，隔几天拿出来看看，整篇文字都被他嚼熟了。自己儿子也要高考，为什么就不能干一件见义勇为的事儿呢？

老夏上街穿一件儿子淘汰的T恤，专门往人多的地方挤，有时候会突然地跑起来，长胳膊一前一后摇摆得有些笨拙。他跑的时候就是感觉哪一个地方出了问题，要不怎么会忽然围了一圈子人呢？老夏有时像一个侦探，弯着腰，聚精会神地扎进一个商场。有一次，他走进一家电器店，盯着柜台内一个高挑身段的姑娘，姑娘的前胸让老夏盯得蹦起来。老夏挺了挺身，尽量压低着嗓音："姑娘，这商场有偷儿吗？""什么？""有偷儿吗？"姑娘看着眼前的大个子，看他搁在玻璃板上的长胳膊，手上起着一层榆树皮似的皱纹，问："你是从公安退下来的吗？""公安？"老夏摇摇头。"那，你有病吗？"老夏走出商场，仰了仰头，又猛地侧转身，伸出一条长臂："你听过那个故事吗？一个下岗工人在湖边见义勇为……"

老夏的目光一直在关注和他家吊角的那座小楼。小楼的气派让他家的老房子相形见绌。小楼离他家就是三四十米远近，开门声和碰门声都会让老夏敏感。小楼里住着一个女人：女人的男人几年前死于一场暴病，女人现在的公司是她男人丢下的。女人常和公司的业务员去外地，那座小楼经常空着。这个年轻的寡妇很会打扮，脸上的沧桑被脂肪掩盖着，男人死后没有瘦下来，身体还一如既往地丰腴。老夏对女人的印象不错，老婆在时，两个女人家长里短地聊过，说得拢，老婆住医院时她去看过。

老夏在看过报纸后，注意力往对过投得更多。阳光洒在严光街，光阴在严光街上流。老夏坐在院子里，能断定对过的小楼是开门还是锁门，女人是出门还是回来。送女人的车，每次离开严光街会摁两声透亮嘣脆的笛声。有一次，儿子忽然看着老夏："爸，你又盯人家寡妇干吗？"老夏扭过头，儿子瘦长的脸上没什么表情，是真心地在问。老夏把两只手落在儿子的肩上，说："好好学习吧，儿子！爸就是瞎看。"儿子说："爸，别老看人家的小楼！"老夏叹口气，笑一笑。老夏说："没什么，如果有一个什么，有一天你会明白。"

日子平淡得让老夏有点急。老夏有一天踱到了他下岗的南岗机械厂，在厂区的周围踱步：老厂荒了，以前从来没有过的野蒿疯长着，老鼠从草窝中钻出来，在阳光下晒暖。这让老夏黯然神伤，紧张忙碌的日子真的远了，没有了丁点的影踪，这地方，怕是一辈子回不来了。老夏捂住胸口，老厂像他生活中的亲人，让他有一种永失亲人的感伤。

老夏因为看到老厂的破败吊着一张长脸，他穿着儿子的棕色T恤，风往衣襟里灌。严光街正享受着晚霞的照耀，椿树上落着几只斑鸠和灰色的鸽子，严光街和其他街道不同的就是旺盛的椿树。就是这样一个傍晚，老夏看见女人站在小楼的大门前，似在开门又似在等待什么。老夏在快进家门时，她过来了，盘起来的头发在晚霞中像一个小山，额前的刘海在脚步中抖动。女人的步轻，他竟然没有察觉。她站在两扇街门的中间，老夏从不知所措到向她拱手大约经过了不到一分钟的时间，两个人的世界，一分钟是极其漫长的，这可能是老夏的迟钝。小楼女人先开了口："出去了，老夏？"老夏说："是！"小楼女人没有坐老夏慌张从屋里搬出来的椅子，两个人的谈话最终是站着结束的。"天天出去呀，老夏？"老夏说："是！"老夏的问话和回答都很短，像古诗词里的长短句。老夏说完又慌乱起来："你知道我天天出去？"小楼女人眼里透出一种笑，诡秘而且轻浅。小楼女人说："有一次我瞅见你走来走去的，像有心思，你没什么事儿吧？"老夏说："我没事呀，你看见我瞅什么了？看见我干什么了吗？"小楼女人说："其实我就看见你那么一次，老夏，我不在家的时候我那个院子你多瞅瞅。""我，我一直都在瞅着，我瞅着。"小楼女人笑了笑。老夏这才发现自己上当了，她其实是在试探自己。这个女人，鬼着呢。小楼女人问："有什么事需要帮忙吗？"老夏说："没，没有。""你儿子今年高三了吧？"老夏说："是，关键时候了，胜败在此一举。"女人走了。老夏站在门口，瞧着女人丰满的臀在严光街上扭动，椿树叶遮着淡薄的夕阳，阳光一小片一小片地筛到街上。"啪！"铁门关上的声音。

二

老夏在菜市场被人喊住了。"老夏，老夏。"老夏在人群中搜索，终于看见喊他的女人站在一溜的鱼摊前，脚跟是一个大铁笸箩，笸箩里是几条金鳞的大鲤鱼，水被鲤鱼摇头摆尾地搅动出一股腥气。女人叫张小青，在工厂时和他一个车间，是车间女人中比较有姿色的。张小青在车间时就爱和老夏说话，有一天下班，张小青推着自行车脸朝着车后。工友问："张小青，你咋不走？"张小青毫不隐瞒地说："等等老夏！"后来，下班时车间的工友就和老夏开玩笑：“老夏，快走吧，人家小青又在等你呢！”那时候张小青已经离婚了，老夏的老伴儿还在。老夏是个刚愎的性格，工友们越是说这话，老夏越是躲着小青走。老夏不知道张小青在菜市场上摆摊儿，不知道张小青在市场卖鱼，他和儿子好长时间没吃过鱼了。现在老夏看着笸箩里那些蹦跳的鱼，忽然有一种吃鱼的欲望。老夏在那一刻舌头打起皱来，久违的鱼以及工厂里那些活泼的日子突然间让他黯然。张小青说：“老夏，你整天都在干什么？”老夏有些吞吐，老夏说：“没，没干什么。”张小青说：“你去我们那个厂里看过吗？”这一问，老夏的心里一阵憋屈，老夏说：“荒了，荒了！”老夏说：“到处都是野草和老鼠，树上倒有一群一群的鸟儿叫得好听。小青，不提厂子，不提了。”过了一会儿，小青又追着问：“老夏，回厂里没有指望了，这样吧，我想找个帮手，你和我搭个手卖鱼吧？”

老夏瞧着一群红翅的鲤鱼，短命鲤鱼搅着盆里的水。老夏摇摇头，想起一直藏在心里的使命，一直默默寻找的机会，老夏心里有一种堵。小青进一步劝老夏：“老夏，你不用和我在这儿站着，不用和客人讨价还价，只要你每天清早帮我去拉一趟鱼。”

老夏还在瞧着笸箩。

张小青说：“老夏，在梨屯镇的苇湖，那儿有几个大鱼塘，厂兴旺时咱们结伴去看过的那片芦苇。”

老夏记得，差不多是十年前，他和张小青，还有老婆，还有林满凤，车间主任老柳。那一天他们领了奖金，说我们去郊游吧。就去看了大苇湖，听苇塘的鸟叫，还在苇湖里唱了歌，坐在草地上喝了带去的啤酒饮料。张小青的话让他的心忽然腾起一种反差。

“就这样吧，老夏！啊，说定了。”

老夏呼地扭过身，穿过人流，丢给张小青一个背。小青撵过来，喊着：“老夏，老夏，你丢个话嘛！”

再买菜，老夏故意绕过菜市场。有一次，他禁不住往张小青的鱼摊那儿伸脖子望一眼，听见了张小青的吆喝声。他匆匆地穿过人流，马上被人流融化了。中午的时候，老夏打开街门，在他回头看对角的小楼时，门口已经站着张小青。他吃了一惊。张小青说："老夏，我想找你谈谈，我知道你的情况，我其实比你去看老厂还早；老厂没指望了，我才卖鱼的。老夏，人得找个活法，干蹶着不行，我不逼你，我真的不逼你，我逼你有什么意思，苦兄苦妹的我是想让你帮我……"

老夏和张小青坐在一辆旧三轮车上，老夏被颠得头晕脑胀的。走了近十里的土道才拐上一条油路，油路上出现了很多疤瘌，三轮车扑通扑通震得他和张小青屁股不断从座位上弹起来。他们是搭一个鱼贩子的车，出行时天还被一层晨雾包裹着，在三轮车里谁也看不清谁的脸。老夏想起张小青推着自行车等他的旧事，现在同船共渡坐在同一辆颠簸的车上。走了一段路，小青说："老夏，你跟着跑两趟，以后就由你替我拉鱼了。"老夏说："哪行啊？"小青说："行！"说着行，伸出手在老夏的手上拍了拍。

太阳红彤彤地从东方露出来，远远看见了映在湖水中的霞光，从湖边飞出的一群鸟像一张巨大的油画。老夏放眼望去，果然如小青所说：大小的鱼塘连在一起，鱼塘中泛着一团一团的水莲，鱼塘的边沿拉起二米多高的铁网。开车的叫吕勇，吕勇抹拉一下脸，张一张腰，嘴里迸出一个长哈欠连带着一个喷嚏。他捅捅张小青："拉谁的鱼？"小青没有搭他的腔，伸着脖子。起了风，树叶哗哗啦啦地响，湖中水荡起一圈一圈的涟漪。小青向一座小房子走过去，房后有几棵长得很高的老白杨树，把小房遮在一片树影中。小青没等走到房子跟前，就扯开嗓子喊："老秋，打鱼——"话音落地，房子里出来一个瘦高的中年人，两眼带着迷糊，狐疑地瞅一眼老夏，从一片空地上掂起一个网。"哗啦"，一群鱼被网兜上来。小青和吕勇看脚下的鱼，捡大个的往旁边挑，把小鱼又扑扑通通地撂进水里。岸上的鱼挣扎着，扑腾着身子，尾巴和头部从两端向上翘，腮鼓动着，但吸进腮里的是岸上的风，不是已经习惯的水和水中的藻味。老夏忽然感到生命的可怜，想起星期天的动物市场，整笼整笼的鸽子被卖给饭店，成为老板诱惑客人的一道佳肴，心里隐隐地有些难受。

三

中午和傍晚老夏是一定在家的，儿子要按时吃饭，吃了饭要匆匆地往学校赶；进入高三星期天没了，天天都要这样紧张。给张小青去拉鱼后他已经给儿子吃了几次鱼。儿子说你不要破费，省着吧，我考上大学得花很多钱。他说："没事，这鱼是便宜的，我亲自看着从坑里捞上来的，绿色食品。"儿子说："爸，你受得了吗？"他说："我受得了，只是早饭给你做得不正常了。"

老夏越来越感觉到失望，四月过去已经迫近五月。他上街的脚步没有停过，即使很早起来和小青拉鱼回来，他照样上街。他两只眼瞪得像一只鹰，不断听到哪里出了盗贼，或者谁在抢劫的时候被抓了，却一次也没让他撞上。他在电视上看到这样的消息，会狠狠地拍一声大腿，啪叽就把电视关了。他妈的，怎么一个都没让自己撞上呢？怎么越找越找不到？已经是五月了啊！儿子马上就要考试。晚上的时候老夏掂着报纸砰砰地在房间里踱步，报纸被晃荡得呼呼响。老夏说："真他妈的没运气。"

小楼女人来他家时手里掂了一把蔬菜，一个小食品袋里网着几个苹果。小楼女人说："老夏，这些东西我吃不了，你看我一个人放着也放坏了，别嫌剩。"老夏不知说啥好，小楼女人顺势把东西搁在老夏的厨房里。小楼女人放菜出来，在老夏的对面站住，没有随时要走的意思，说："老夏，怎么样，过得顺吧？"老夏说："凑合。我和儿子挺顺的，我天天侍候儿子就指望他能考上个好学校。""老夏，你真尽心！有啥难没？""没有！"老夏说："能过，日子能往前走就行。"小楼女人忽然对老夏说："老夏，我老是做梦，做噩梦，一个人住在一座小楼里做噩梦让我有些恐惧。”

老夏说：“怕什么呢，那是你住惯的院子。”

小楼女人说：“做梦，就是做梦！天天做梦。”

老夏不知该怎样安慰她，对她说：“你找个保姆吧，和你是一个伴儿。”老夏本来想说你找个男人吧，但把话拐了个弯。

女人离他很近，他闻见了女人身上的香味，像香椿树上的浓香。小楼女人说：“我不在家的时候，你多留心一点我的院子。”

老夏瞧着街边的椿树，椿树的叶子更浓了，椿枝儿沉重地往下坠。

老夏习惯了凌晨起来，张小青陪他去拉了几趟鱼后不再去了。老夏每天坐在吕勇开的蹦蹦车上，蹦蹦嗵嗵地去渔场拉鱼。老夏和鱼塘的老板已经熟了，尤其那个瘦高的老秋，老秋有时额外地送他两条草鱼，对他说：“你儿子上不了大学来和我养鱼算了。”老夏说：“不能这么说的，我儿子一定行的！”隔几天，小青拽老夏陪她去喝一场酒。和小青喝酒的都是那些鱼贩子和菜贩子，少不了吕勇和几个男人。喝酒都在晚上，脱掉了一身腥气，穿得干干净净，大口地喝酒，大口地吃菜。小青每次都是唯一的女性，大家伙都起哄地劝她喝酒，说一些荤话，有时喝过了酒去包厢里唱歌。老夏不习惯，一次喝到半酣时，独步去了大街，路灯冷冷清清照着，街灯下是他孤零零的身影。

小青跟了出来。

小青说：“老夏，我知道你嫌他们粗鲁，别嫌弃他们，他们和咱一样原来也都有一份好工作，有一个好厂。”

老夏拽着小青往前走了几步，在一个阴影处，老夏问：“小青，他们都是什么人，那个吕勇贼头贼脑的，会不会犯罪？”

小青摇摇头：“其他的我不知道。”

两个人走着，走了很远，鬼使神差地走到了老厂外。整个厂区黑乎乎一片，他们摸着大门，锈蚀的铁皮呼呼啦啦掉下一片；听见老鼠的叫声，鸟儿惊动着树枝，野蒿野草在夜风中摇晃。

小青靠在老夏的身上。他们就那样站着，老夏紧紧攥着铁门的条框，抓得很紧。小青抓住他的手，喃喃地："老夏，告诉我，你什么都不想，过好自己的日子；你啥事儿都不要问，只要好好地拉鱼，好吗？"小青扬着头，鼻尖抵住老夏的下颌。

老夏又望望老厂的深处，仿佛那里藏着什么东西，或者罪恶。

一天早晨，老夏按点儿在东风桥头等吕勇开车过来，薄雾像一层棉团裹过来又被晨风吹走。但车上跳下来的是小青，开车的是一个陌生人。老夏狐疑地瞧着小青。小青说："走吧，上车！"

"吕勇呢？"

"吕勇昨晚喝多，摔伤了。"小青说。

半路上，小青干脆坐在车厢的底板上，头倚着车厢睡着了，歪着头仄倒在老夏的怀里。老夏不忍心推开她，因为倚着他要比倚着车厢舒服。老夏几次想问小青关于吕勇喝酒的事，再看半梦中的小青，止住了。身后是三轮车颠簸溅起的尘雾。

进入鱼塘，老秋站在鱼塘拐弯的路上。老秋截住了小青："吕勇呢？"

小青说："病了，不能来！"

老秋说："他欠我二百三十块钱的鱼钱。"

小青一愣，但随后说："老秋，老客户了，大气点。"

老秋说："吕勇不是你！我看这小子不像好人。"

小青说："老秋，弄鱼、弄鱼！二百块钱算什么事？他不还我还！我保证把你的口信捎回去，下次来就让他把钱还上。"

老夏独自沿着塘边往前走。连在一起的几个大鱼塘水波涟涟，蓝色的水面溅着水泡，鱼在打浑儿。老夏站上一个高度，极目望去，满野的庄稼真是好看，像望不到边际的绿毯。老夏一阵冲动，做一个农民其实挺好的，拥有这么宽敞的田野，这么自然的风，还有这么大的鱼塘。

老夏再看到吕勇是一周后。那些鱼贩子菜贩子又聚在酒场上，女的还是张小青独个儿。一群人喝得很爽快，酒端到嘴边"叽"的一声倒进了肚里。老夏不想再参加这样的酒会，但小青邀请得很诚恳，执意要他过去。吕勇和老夏碰杯时，老夏摇头。吕勇跛着一条还没有完全痊愈的腿，固执地非和老夏碰，而且还有第二杯；如果第二杯碰了，吕勇情愿独个儿再喝一杯。小青为吕勇说情，说："老夏，喝了吧，你又不是不沾酒。"吕勇的目光里藏着一种不可迂回的固执，老夏反感这种逼人的方式。张小青过来解围：她自己倒了个满杯酒，一仰脖先光了。又倒一杯，说："咱三人碰，我们搁伙计这么长时间，这杯酒喝下去！"

都喝多了。

小青的腮上飞上红晕，头发散了。在酒桌的乱声中，小青向老夏走过来，酒杯还在手里捏着。她拉住了老夏的手，叫了声老夏，身体在老夏的身前软下去。老夏脸一热去拉小青，叫着："小青，小青，你起来，你不能再喝了！小青，不能再喝了！"吕勇从背后抱起了小青。小青推开吕勇，一杯酒洒在吕勇的脸上。吕勇又扑过来把小青抱住。老夏还是清醒的，他挡住了吕勇。小青在酒精的作用下轻轻地喊着："老夏，老夏！我们，我们去看老厂，去看老厂。"

老夏说："小青，我送你回去。"他扭过头对着吕勇，"吕勇，你他妈不能耍酒疯！我们把小青送走。"

吕勇嘟囔着："老夏，你他妈的去送！她让你送。"老夏眼瞪着吕勇，他一手拉起来小青，他想尽快送小青回家。吕勇在他返身时冲了过来，老夏的臀上沉沉地挨了一脚。

老夏侧过身，掂起一个凳子。

小青的哭声制止了一场酒斗。

四

夏天的阳光更炽热了，夕阳也走得慢，老半天了，还在西山边吊着个大红脸。老夏静静地坐在门口等儿子下学，看着严光街的椿树，在夕阳的树影里，小楼女人踏着碎步向他走来。

女人的头发湿漉漉的，自然披散的头发下是一张保养很好的脸："老夏，你每天早早地起来去干什么？"

老夏欠起身支吾着，老夏没有想到这女人会问他这个问题。老夏说："我去拉鱼，帮人拉鱼。"

"拉鱼，拉什么鱼？"

"帮人的，原来和我一个厂的同事，一起下岗，在市场上弄个鱼摊。"

小楼女人说："你真不容易，比我还难！你看，我儿子已经在外地上学了，只要把钱寄过去就行。"

老夏说："我得对孩子负责，孩子就要考学了，我相信孩子能考个好学校！"

小楼女人说："会的！"

老夏仰起头，严光街的椿树显得模糊。老夏想起这个夏天没有完成的使命，心里隐隐的有一种惭愧，难道这个夏天真要碌碌无为地过去呀。

小楼女人说："老夏，别跟他们去拉鱼了，弄得满身水腥气。"

老夏想发火，老夏一想发火眉头就会耸起一疙瘩肉。老夏想说，我为什么不能跟他们去贩鱼去拉鱼，我不拉鱼干什么？我是什么人，我是你们那种做生意挣大钱的人吗？他又想起他这个夏天的使命，一个夏天快过去了，心里真急。

小楼女人似乎看出了他的急、他的情绪，想安慰他。小楼女人说："你不要生气，我不是看不起贩鱼拉鱼，我是想求你跟我去办一件事儿。"

"你求我，我能办什么事儿？"

"老夏，我是让你和我出去一趟！这么多年了，我信任你！我不想求别人。"

老夏有些疑惑，女人怎么会求起了自己。"和你出去，和你出去干什么？"

小楼女人的话有些诚恳，说："外边有几笔账，都是他在时留下的遗留，手续都有，我得出去讨回来；至少得出去讨，不能这样不了了之，想求你陪我去。”

老夏摇头。

小楼女人说：“老夏，我给你报酬的。”

“不！”老夏说。老夏其实在惦念孩子，惦念他这个夏天的使命，老夏又无端地有些烦躁。老夏看见严光街的椿树愈加模糊，老夏说：“我得照顾孩子，怕孩子丢家里不放心。”

女人说：“可是，我想了好久，还是想让你和我出去，我按比例给你报酬。”

老夏说：“不合适！”

小楼女人说：“我们很快就会回来。”

老夏仰着头，老夏说：“我得想想，得和孩子商量。”

女人走后，老夏还是怔怔地瞧着严光街的椿树。椿树街正沉入越来越深的夜色，老夏又看见小楼墙根的两棵树，这两棵椿树离墙太近了。

老夏没有想到小楼女人会做通儿子的思想，儿子竟然反过来做他的工作：“爸，你跟阿姨去吧，小青阿姨让你帮拉鱼你能答应，帮阿姨去一趟外地为什么不能呢？爸，你应该去，你老在家待着太寂寞了，去外边的城市看看，去吧，爸！”

老夏怔怔地瞧着儿子。这孩子真是……

老夏在这天晚上又找出了那张报纸，拿着报纸反复地看。他攥着报纸看着房顶：这个夏天过得真快真让人憋气。

那件事发生在他回来的第三天晚上。

白天老夏又去见了小青，和小青卖了一会儿鱼。后来又和小青去了一家酒馆，小青说给他接风。老夏觉得有些可笑：“嘿，我是经理，我当官儿了啊？弄那么多的套套？”小青说：“你以为只有他们那些人才配得上接风？呸！我不理这个茬；我们平凡人有平凡人的方式，有平凡人的快乐！你以为我为什么给你接风啊？我们是工友，曾经同甘共苦的工友！知道吗？”老夏说：“别说了，我承你的情还不行吗？”说着呼噜一杯酒进去了。小青问小楼女人给了他多少报酬。老夏说：“什么报酬？”小青说：“就是钱啊，她一个大老板不至于让你空帮忙吧。”老夏说：“没有。”小青说：“是不是给你的多你不好意思对我说。”老夏说：“真的！还没给。”他们喝着酒，一递一搭地争着。端菜的女孩说：“唉，你们两口儿吵得挺有意思的。”老夏一愣：“小姑娘，你乱说什么？我们吵了吗？你，你不能乱说的。”小青的脸红了，有点发烧。

老夏这个晚上睡得很晚，老夏又看了那张报纸。睡不着的老夏想去街上走走。

老夏看见了椿树，夜色中发出低微风声的椿树。老夏往外走，顶着椿树，顶着那座小楼外的两棵椿树。老夏忽然愣住了：老夏看见院墙上一个人影，人影攀着椿树，从椿树上闪进了院子。老夏蹭蹭几下跑到椿树底下，竟然刷刷也攀上了，又呼嗵跳进了院子。老夏看见那个人影撬开了门，看见小楼客厅的灯微弱地亮着；老夏知道小楼客厅的灯天天夜里这样亮着，这是小楼主人的习惯：主人走后，小楼女人天天让客厅的灯亮着。穿过亮着灯光的客厅就是女人的卧室。

贼。老夏断定。

老夏听见了女人的惊叫。

老夏冲进了进去，大喊一声：“我来了！”老夏看见女人穿一身睡衣，脸色苍白。

五

老夏两天后醒来，身上挨了五刀。老夏睁开眼，看见了鲜花，看见了红的、紫的、粉的、洁白的各种花儿。老夏似乎从梦中走来、在梦中就看见了那些花，花丛里有儿子的笑脸。

小楼女人张大嘴，叫了一声大哥。老夏看小青挤过来，小青叫着：

“醒了——醒了！”老夏问着：“我没有死？”小青说：“活着！好好的！你怎么能死呢？”小青说着，眼眶已经湿了。老夏说：“我看见了吕勇的车，在椿树下。”小青说：“他已经投案了，吕勇是被雇的……”小青抓住他的手，老夏挣开小青，找着儿子，颤巍巍地摸着身上的钥匙，钥匙上沾了血。老夏对儿子说，去，去把报纸拿来！

老夏闭上眼，泪从眼眶里滚出来。

老夏喃喃地说：“还来得及！还来得及！”

小楼女人和小青都有些迷糊，异口同声地问：“老夏，你说什么？什么还来得及？”

雨天的小狗

是在一个雨天把小狗带回家的。

春天的一场雨，本来是应该一丝丝下的，那种麦芒儿一样细的雨。可那天的雨竟然慢慢地大起来，竟然不再一丝丝地下，竟然有了像夏天那种雨似的雨滴儿，路旁的花儿竟然挂上了浑浊的雨珠。老非觉得这场雨来的不对，不应该缺少孕育就直接往夏天的节奏上凑，缺少了一种过程，春天的雨是一种轻音乐，轻音乐没有了轻音乐的柔曼还叫什么春天的雨啊，天上的云儿你慌什么呀，你捺着点性子等一个夏天的来临不行吗？你又不是一个大姑娘急急慌慌往男人的怀里去。

那雨就这样下起来了，一点儿也不听老非的劝告。实际上那不过是老非的一场心理活动，老非因为喜欢春天的雨所以就埋怨雨的节奏。老非是一个生活上性格上比较懒散的画家，老非在这个世界上唯有对画画这行钟情。老非今天是来郊区看苇塘的，那片大大的苇塘。其实这片苇塘原来只是一个个零星分散的苇坑，零星地长着些苇子。苇塘成为苇塘是因为有了这片豪华中透着纯朴的苇湖小区。开发商看出了这里的商机，不知从哪儿弄来了苇根，把那些苇坑又连成了大苇塘，有几十亩大。那些苇子在风中青翠地拔节儿，纯洁的苇缨在夏天和秋天的阳光中波动，鸟儿一群群从苇塘上掠过。苇塘开出来后，苇湖小区的品牌就跟着打了出来，苇湖的身价跟着上来了，大片的苇湖别墅竟然成了抢手货。开发商透出一口气，吐出心中的策划：回归自然。随着市场经济的发展，随着快节奏对传统生活的影响和浸透，人们必然有一种对自然回归的心态。

画家是来看苇塘的，画家老非没有想到会遇到这样的糟天气，如果雨一直按春天的节奏下，老非打算坚持。老非看见那苇子一根根地往上拱出来了，拱出了芽，拱出了长长的枝叶，拱得那些鸟儿又可以在上边落爪子了。老非本来是要在苇塘待一天的，他带了简单的午餐：一块面包，一瓶那种叫天纯的牛奶。可是糟糕的雨打乱了他的心情，他不得不和雨中的芦苇道一声再见。

老非往回返要等一辆96路汽车，老非站在路边时这场雨已经变成打击乐了。老非有过无数次等车的事，可今天这场雨真正影响了他的心情，他有些幽怨地看那雨中的苇塘，听见了雨滴在塘里的声音。老非的老家曾经有过几片苇坑的，就在那个叫瓦塘的村里，少年的记忆里装满的是那些苇坑里鸟儿的叫声，那些坑水里的鱼儿月光下对他的挑逗。后来那些苇坑被沉重的水泥和砖石坐到地狱里了，几年前老非曾回到瓦塘去寻找那些苇坑，但已经迷茫的连旧痕也找不到了。就是从此他不想回瓦塘了。

老非就是这时候看见那条狗的。那条小狗在雨中有些畏缩，有些可怜，白色的毛在雨中打抖。狗仰着头，眼睛睁开又被雨打得挤上，挤上又睁开。老非觉得这狗傻，真是傻得可恨，你干嘛老盯着雨啊，你眼盯着雨，人家咋不打你的眼啊？狗的毛慢慢被打成了绺儿，变成了绺儿就不好看了，狗的毛像刚弹过的棉花那样才好，绒绒的有一种舒服的感觉。这是谁家的狗啊，谁家把狗丢了？小狗还不知道往家回。老非这样看狗的时候，狗的眼睛看上了他，眼直直地被雨淋着也不扑闪了。老非的眼和狗对上时心颤了一下，像抖动着的二胡上的一根弦，狗咋看着都像一个被遗弃的孩子。那狗的后边是一棵槐树，是一片草地，狗很好奇很可怜地看着他，好像在雨中还叽叽哼哼地叫了几声。老非说：嗯，原来在这里路边等车的还有狗啊。

车就是这时候过来的，96路，那种长长的车厢，车在雨中发出一种刷刷的滑音，那种无人售票的录音已经透过雨帘往他的耳里灌。他最后看一眼狗，他在心里说：再见小狗。他做着上车的准备，车门已经提前打开了，一声雨中潮湿的刹车声。96路车拖着泥水停在了等车人老非的面前。小狗看着他，看着停在面前的车，显得那样孤单。老非又不情愿地往回扭了一下头，他觉得小狗有点可怜，没有人和小狗做伴了。这时候，就在车已经启动的时候，他忽然看见小狗一耸身跑了过来，身上的雨水在奔跑的过程中往路上摔，那小狗一个跟头上了车，他叹口气，车门就在这时候"啪"关上了。

车上几乎没有人，最后排坐着一个人有些无聊有些瞌睡地依在靠椅上，眼挤着。司机看一眼老非，问：你带的？我？不是，不是。那狗咋跟你上来了？老非看那狗，老非说：真不是。不是让它下去。司机要停车，车速在雨中已经减下来了，车底是拖着泥水刹车的声音。狗就是这时候咬住他的裤角的，可怜巴巴地看他，老非的心猛的软了，老非想这狗可能是要借他搭一截车，老非被它的怜态摄住了，老非忽然说：师傅别停车。司机在雨天的情绪也被染上了乌云：啥意思，雨天出来带什么狗。

接下来的事情有些不可思议，小狗竟然成了老非家庭的一个成员。那天老非下了车，小狗竟然也蹦着下来了。老非先是不知道，一弯腰才见一个小动物跟在自己的身后，那时候雨还在扑嗒扑嗒地下，还没有停下的意思，老非还陷在一种对天气的沮丧中。老非继续往前走，老非住在一片楼群的中间。几十平方米的房间其实差不多都成了他的画室，画案、颜料、那些画画的纸、那些古典的中外的画集、那些他喜欢搜集的乡间的树根、那些被阳光和风风化的石头、那些他曾经恋过的诗集和小说。画家是需要一切艺术知识的，那些小说里对场景的描写，那些诗歌里的意境，有些是画家想象不到的。所以我们的画家老非有逛书店的习惯，去翻那些印刷精美的画集，看那些新鲜的小说，有时往家一抱就是一摞的书。对，他的画室还有一些女人的东西，他的老婆一年前去北京做一种营养酒的生意，一年里回不了几次，甚至不回来一次。老非走在雨中想，小狗要是跟自己生活是不可能的，自己的画室太小了，自己的卧室都被那些资料挤得狭小了，那小狗会把他的颜料蹬翻，会卧在他的书上。这些小动物小畜生都是他妈的天生调皮的。这样想的时候那只小狗真的跟在他的身后，他吓了一跳，妈的，这小狗可能真的跟我来，我可适应不了这小东西，我可没功夫养活一条狗，况且老婆是最讨厌狗的，老婆偶然回来会更烦的。老非忽然想到这狗可能是认识他的，可能是一幢楼上谁家的狗，同住一个楼人与人都懒得交流，狗是更不认得的。老非怀着这样的心态往前走，就在他推开门的一刹那，狗又咬住了他的裤角，哼哼叽叽的，用一双被雨淋过的眼可怜巴巴地瞅着他，好像在乞求老非，收留我吧，好人。

老非认定这狗是认错了人，或者认错了门。老非最终把小狗从裤腿上扯了下来，把小狗的头扭过去，告诉小狗慢慢地顺着楼梯往下走，或者再找个单元顺着楼梯往上爬，认一认到底哪扇门是你家的门。小狗扭回头，他说：走吧，去找你的亲人吧。小狗汪汪叫了两声。小狗往下走了一阶，又往下走了一阶。老非说：走吧，啊。然后老非“啪”的关上了门。

外边的雨还在下着，他忽然想象着小狗站在雨幕中的情景。他打开窗户，马路上依然行走着来往的车辆，他想看见一只行走在路边的狗，没有，雨幕把人的视线遮短了，看到的只能是些朦胧的建筑。然后，他打开画室，有些聊赖地坐在那把他经常用来思考的藤椅上。他在回想雨中的苇塘，雨打在苇叶、打在苇塘的声音，苇塘里被雨滴落的一个又一个小水坑。老非没有想到自己竟来了情绪，马上能画成一幅画，那幅画叫作《苇塘·雨中·狗》。

画完画，有一种强烈的去看看小狗的欲望。然而，打开门，就看见了小狗。天已经黑了，小狗一双被雨淋过的眼格外明，火炭一样地盯着他，前腿支着，仰着头，耷拉着耳朵，尾巴轻轻地摇着，狗的眼角挂着眼泪。

老非是带狗回苇湖小区认识那女人的。

那个女人已经穿裙子了，那身裙子和春天的气氛搭配得非常融洽。女人的脖子里围一副白色的项圈，有些慵懒的肩上挎一个淡绿色的小包。

老非依然坐的是96路，依然带了面包和牛奶。如果狗离开他，他会去那片苇湖去感受春天的苇塘，如果可能，今天一定要让小狗回到主人的家里。老非在两天的豢养中知道了这狗不好养，这狗挑食，挑得老非都不知道该怎样生活了。狗不吃面包，不吃面条，不吃油饼。这都是老非平时喜欢的饭菜，可小狗对这些嗤之以鼻，看一眼就再对老非露出乞怜的眼神。没有办法，老非开始让它吃鸡腿，吃大肉。可这些老非平常是不大喜欢的。老非是一个平民，不可能天天这样去供一条随便跟着他到家的小狗。还有小狗的名字，老非凭自己的想象，按照常规的称呼试着去喊小狗，可喊了一百多个名字小狗都很麻木，小狗都摇头否认。为找准小狗的名字老非这两天的想象都枯竭了。最后老非对小狗下了通牒，对小狗一本正经地说：你他妈的就叫小狗，从现在开始就叫小狗，别他妈企图让我喊那些花里胡哨，叫人肉麻打战的名字，我不管你喜欢不喜欢，你在我这个环境要生活下去就得叫小狗，没有比这个名字更符合你的种类你的身份。老非说的很正经很肃气，老非说完了还“啪”来了个立正，顿了一下脚，重重地夯了桌子一掌，试探着叫了声：小狗。当然，小狗还带来了其他的问题，比如他的出行，比如偶然间家里来了个客人，有时出去的时间长了，回来的时候那小狗就站在门口哼叽着，哼叽的声音脚没踩上楼梯就听见了。

老非带小狗下车的时候就看见了那个穿裙子、身材像苇秆的女人了。老非觉得那女人像在找什么，第一眼就觉得那女人有一种等待。老非不便去打扰一个女性，他和小狗很规矩地站着。后来老非说：小狗，这就是那个雨天我们认识的地方，那个站台。我就是那天把你领走的，哦，不，是你无赖地跟我走的，你咬了我两次裤角，你那天的目光很可怜，可我们不适合在一起。你现在开始回忆，你是从哪个方向过来的，你是从哪个楼上下来的，你开始回忆，然后你就可以沿着回忆回你真正的家了。

狗很麻木，好像对这个站台已经失去了记忆了，屁股支在一片草地上，像怕老非跑了似的盯着老非。老非就是这时候看见那女人在看小狗，目光有些专注地看着小狗。老非的心扑通响了一记，老非还发现女人的项圈和狗脖子里的项圈是一个颜色的，粗细直径也差不了多少。

小狗的目光终于和女人的目光对上了。老非觉得机会已经成熟了，他抱起了那条小狗，走到女人的跟前。老非问你是不是丢过一条小狗？女人有点疑惑地看着他，是啊，你怎么知道我丢过一条小狗？老非说：你的小狗是在一个雨天丢的，那小狗很可怜地就丢了，是一只白色的小狗。女人说：是啊，我的小狗是在一个雨天离开的。老非步步相逼，把狗往她的眼前举了举。哦，同志，这就对了，是不是它？它就是我在一个雨天拾的，就在这个站台旁边，天上的雨说下大就下大了，老天下雨的节奏一猛子就进入夏天了。你看，我今天来对了，我就是带着狗来认它的主人的。女人肩上的包抖了抖，项链也颤动着。她往后退一步又往前倾了倾身。她说：像我的小狗，像我家的小狗。

老非的眼里漫上一层蒙蒙的湿润。一个人想完成一件事能按预想的程序完成的确是值得眼睛发湿的事情。老非说：这下就好了，物归原主，完璧归赵，小狗再不用在我家遭罪了。可女人却迟疑了：又不像我家的狗，这毛？这身架像又不像。老非马上明白过来了。老非问她，你是不是说这小狗瘦了？狗一瘦毛就显得不齐刷，不像刚弹过的棉花了。这狗它不会不瘦，它不适应我家的生活，它挑食，它不吃面条、不吃鸡蛋、不吃大米、不吃……它吃鸡腿、吃排骨。可我不能天天这样供它，那不是我的生活，我是一个平民，我画画，但我的画还卖不到惊天的价位，我的画偶然在报纸杂志刊登或者在画店出售，稿费也只够我去买一套新书、一些颜料。

女人去摸狗的项圈，慢慢地摩挲。老非说：太太，你看就连这项圈也和你的相似。女人说：它不是我家的狗，不过它有点像，又有点不像，莫非它们，它们……

老非想这女人可能怕自己提出什么条件吧，老非想得让这女人放心。老非又把狗举了举，你的狗你领走就是了。然而女人却还是摇头，女人说：这不像我家的狗。

从苇塘的那角滑过来一辆小车，女人把手中的包往空中提了提。老非的心一下子空下去了，就在小车徐徐地停到他们面前时，老非刷地从怀里掏出一个名片，太太，你如果想再看小狗，你可以跟我联系。他又追过去，你告诉我这狗到底叫什么名字。

老非开始为狗找食。小狗太犟，太顽固，一时半会儿地改造不成它，从小狗也是一个活生生的生命来说，老非没有理由不让它好好地活着。为此，老非开始改善自己的膳食，开始往小楼上掂鸡腿，掂排骨，掂大肉。那天老婆从北京打电话过来，听见哧拉的炒锅声，问老非在干什么？老非说，炒肉，我今天炖排骨。老婆说，你他妈的别狠补，别补肾壮阳，我回不去，你白补。老非有些气，老非说，你不回来我就不能吃腥了，我也是无可奈何。老婆听得有些糊涂，老非，你是不是活明白过来了，是不是也往楼上领女人，找小姐了？老非说，我是养上了。老婆到底也没听明白，最后带有安慰地说：你吃吧，吃吧，哦，钱不够的时候我给你寄。

其实，老非也真是无可奈何。老非一直过得都是平民生活，老婆正是为改变窘况才一狠心去首都打工挣钱。老非个人挂在市文联，在书画院。是那种不用天天上班但工资不会太高的阶层。老非的画在市里虽然有些名气，但他的画还挣不了大钱，而且老非有一个打算：作品不急于出手，等有一天自己的画真名气大了，才把画倾巢出售，或者办一个个人画店，所以老非一直过的是那种纯平民的生活，绝对的素食主义。

可一只小狗却逼他改变生活。

老非去防疫站给狗做了个通体检查，做了胃镜。医生说狗胃里已经没什么东西了，可狗的味觉停留在以往的习惯里，狗这种东西味觉太固执，一下子改变不了，要改变一条狗得有耐心。在防疫站小狗有了档案：非小狗，男，九个月，健康状况，好。

老非不但开始改变自己的膳食，也开始出去打食。他住的那片地方饭店少，有几家也都是小吃类，属于开给平民阶层的，即使偶然有人在桌上剩了盘子底儿，还不够饭店的伙计开牙荤。有一家饭馆的老板也养了狗，偶然的盘子底子是专供的，老非得把目光往远处盯。

老非出门的时候开始带食品袋，偶然和朋友同事在一块吃饭，老非出门最迟，老非总要认真地把那些带腥的食物往袋里装。老非的交际圈是很小的，况且老非本来就是不喜欢交际的，这样能使他心无顾忌地装袋的机会太少了。老非也不能天天吃荤啊，老非就找机会往饭店的门前蹭，找准机会去扫荡人家的剩盘子，有一次在德胜街“福气”饭店正搜罗的时候被服务生扯住了袋子。你在饭店吃了吗？老非很窘地结着口。你不在本饭店吃有什么理由干这事儿，你这人有点尊严没有？老非真的很窘，脸刷地又热又红，丢下袋子仓皇地外逃。又有人认出来他来了，唉，好像还是个画家呀。他说：我，我，不是，我捡了条狗，我，真是无奈。

他逃之夭夭。

他记住了那个人的话，自己是个画家啊。

狗不能再养了。

狗打乱了他的思绪，老非本来是个事业心很强，很专一的人，可小狗把他搅乱得简直连书都读不下去了。快五一了，每年的这个时候文联要组织一次集体采风活动，这也是老非激情荡漾的季节，老非会有很多的灵感，会有很多的创作冲动，会画很多的画，而每年的这时候都会画出几幅令人叫绝的作品。既使没有集体的组织，老非也要固定上山采一次风的，和三两个画家，就住在苍峪山深处的杏花坳里，住在一个农家，那个农家有两个很清纯的姑娘，脸蛋上都印着好看的酒窝，给他们做饭，甚至帮他们洗衣裳，有时还笑着做他们的模特。杏花坳已经成为他每年的向往。

再抱着小狗去苇湖小区站台又是一个阴雨天，这次的雨倒是春天的脾气，他忽然明白过来了，只有在这样的天气小狗才会恢复记忆，因为小狗就是这样的一个天气离开主人的。透过车窗，他看见春天的雨丝丝缕缕的下着，雨还漂来了春天的风，风裹着雨从车窗的间隙吹过来。老非前几天给电视台打电话，想做一个寻狗的广告。广告部说这广告我们没做过，即使做恐怕费用上得考虑。老非问做两次得多少钱？电话里说，两次至少两千。老非说，滚球蛋，两千块钱，还不如就这样把狗养下去。

雨幕中的苇湖小区显得更加豪华和富贵，幢幢大楼透出古典的韵色，像一张贵人的脸。小区路旁的草在雨中格外地葱绿。远眺苇塘，满塘的苇子在雨中更茂盛起来。

老非站着，还是站在站牌旁边的那棵槐树下。老非说，小狗，又是一个雨天，你就是在这样的一个雨天被丢的。你好好地回忆回忆，回忆好了，就沿着你回忆的路回你的家。你可以和我再见，我不难受，你不用替我担心，我是一个画家，画家你知道吗？我的画中可以有你，但你不一定非要和我缠在一起的。你不要觉得老婆离开我我很孤独，没，没事儿的，这我已经习惯了……我不愿再那样掂着食品袋去给你找食儿了，我想好好地画一阵画了，你不要影响我的生活好不好，就这样吧，小狗，你好好地回忆回忆。他说着，给小狗一个背。

小狗仰着头听着。

对小狗这样说着，老非一脚踏上了赶来的96路车。

小狗没有给他逃走的机会。

那个女人是在这种情况下给他打的电话：非先生，非先生，小狗还在吗？

老非说：在呀，在呀。

那声音慢慢的，像春天绵绵下来的雨，透着韵致，让老非想起女人那天的气韵，那天的优雅，那身和春天融洽的裙子。我想再看看那小狗，我一直没找到我丢的那只狗。我该怎样见你？

见我？见我还是见小狗？

不找到你，能见到狗吗？见到你不就见到狗了吗？

老非说你来吧，莽原路平原小区96号楼。

96号？

哦，我老记着车次了，不，是69号。

女人掂着一袋狗食。是一堆高档的火腿、罐装牛肉等。

老非说，你天天喂小狗这些呀？

女人摇摇头。我只是觉得小狗怪可怜的，想犒劳犒劳小狗。

老非随便她去看狗。

老非在他的画室里踱步。

逗留了一会儿，女人推开了画室的门。女人说：它真的不是我家的狗。

老非看着这个女人，这个仍然穿着一身套裙的女人。

其实我知道你是一个画家，你画得很有品位。

女人开始留心他的画室。

老非忽然觉得这女人很性感：一张圆润有着一点忧郁的脸，一双流转的大眼，挺直又丰腴的身体，裙子把她的线条衬得格外明露。她转身看画时那丰腴的腰部和圆鼓的臀部展现在老非的眼前……

有些故事的发生可能就这样突然，不过就是一个念头的事。老非忽然抱住了那个女人，执着地抱住了那个女人，在紧紧抱住女人时，老非的泪奔下来了……

女人再打电话依然是一个雨天，春天就要过去了，夏天的燥热已经露头。雨却不急了，下得柔柔曼曼，缠缠绵绵。老非说：对不起，那天……也许都是小狗闹的……

不！我想买你的画，其实那天我就是去看画的，我以前看过你的画展，收藏过你的画，我最近又看到你的一些画。我想买你两幅画，一幅画雨天的那个女人，一幅那个《苇塘·雨中·狗》……

老非愣着。

女人说：想听古筝吗？古筝，我好长时间以前就有一台古筝，我想弹一曲古筝，你肯定能成为一曲古筝的知音……

老非说：告诉你，那小狗我已经把它改造过来了，它现在和我们一样是个平民……还有，那天小狗把颜料撞翻了，它浑身都染上了，变成了一只彩狗，它卧在一张宣纸上，静静地卧着，那是一幅浑然天成的画。我知道该画什么了，就画苇湖，画春天的雨，画一个平民的狗……

窗外的雨还在下着。

掘沙人

桔子

桔子是第一次起这么早往河滩上去。村外还是黑黢黢一片，星光零星地往草窝子里落，桔子感觉出了脚下的潮气。一辆奔马车“嗵嗵”地从身后越过，桔子的胆大起来，好像奔马车代表着一个早晨，红日头马上要被嗵嗵地震出来了。

桔子走的是一条曲曲弯弯的河滩路。河是条沙石河，水不多，露出河面的是青石和从石头的缝隙里挤出的沙粒儿。桔子是去河滩上卖青沙：那堆青沙是昨天和父亲挖到岸上的。她和父亲一人一把锹，父亲用的那把锹比较笨，把儿也长，比父亲的膀头还高出尺把长来。她掂的是一把小头锹，把儿不长不短，和桔子的个儿差不多。桔子喜欢用这把锹：在家里铲土种花，挖坑儿浇树，用的都是这把锹；没有这把锹，桔子就不想干活儿，再好的花也不想种。昨天，她和父亲在河滩里找沙窝，石头的棱角摁着她的小脚底板儿，明亮的锹尖儿在日头下晃。父亲看见一股子旋风往一窝卵石处旋，定住脚，亮了亮锹，说，桔子，不走了！咱就定这儿了，这儿有沙！保证是亮亮的青沙。河是一条溢洪河，水是从上游的山缝里挤过来的，没有污染，河里的沙干干净净，沙粒儿透明的像小珍珠。

父亲先动手撬石头，把卵石往河道的远处撂，卵石厚厚地铺在河床上，一层又一层的卵石下叠着小卵石，像是母卵石的卵。卵石被撬出去，露出黑黑的一层泥。父亲说，挖过了泥层就挖出沙子了。秋天的天上，一片蓝挤着一片蓝，日头发着银白往河滩里罩。

果然看见了沙子，父亲说的真对哩。

沙子挖出来，渐渐在坑外隆成一个小堆儿。太阳把沙子晒出了另外的颜色，沙子的成色更好看起来。过了晌午，父亲不挖了。父亲跳上坑，沿着路边找放沙子的地方。父亲找了靠路边的一片草地，草地的中间长着一棵小榆树，小榆树的叶子已经麻黄了。父亲拽了几棵宽叶的野蒿把路边扫了，开始一担一担往路边挑，挑到傍晚，挑成一个方方正正的沙堆儿。桔子用小铁锹拍，沙堆看着更有了形儿。父亲说，桔子，记住这棵小榆树！桔子看一眼，又找了几枝野菊花插在了沙堆上。

桔子在晨昏中往河岸上走，这是桔子第一次在黎明的时候走这样的路，露水的潮湿润着她的脚，眼睫也被露水打湿了。桔子听见了一只鸟的鸣叫声，远远的，不知到底在哪儿叫。河床里的卵石隐隐约约地响，可能在说着悄悄话儿。父亲晚上突然拉肚了，拉得脸一夜就窄了。早晨的时候父亲只好催桔子，父亲说，桔子啊，你去把沙子卖了吧。别让他们哄你，那种小汽车，拉一斗儿是八十块钱，咱的沙子也就是一车斗儿。桔子娘说，我跟桔子去吧？桔子不让，桔子说，娘，不行，你在家照顾爹吧，还有院里的几头猪，等着你上食儿呢。娘有些心疼地看一眼瘦瘦的桔子。

桔子找到了那棵小榆树，小榆树在晨昏中晃动着瘦小的身子。桔子弓着腰，调逗着身边的狗尾巴蒿：沙子和你们做了一夜的伴，你们该高兴了吧？可是，我要把沙子卖掉了，真对不起你们！桔子要去城里上学，要带很多钱，父亲总嫌桔子带得少，这车沙子卖了，也要桔子带在路上的。桔子有自己的想法，这八十块钱，她最多再带走一半儿，余下的几十块，够爹娘一个月的零花了。桔子知道家里的油不多了，家里的煤球也该拉了。她知道爹会说他还可以来挖几车沙子，挖了沙子就能够换来钱，可爹近来的身体总不好，挖沙子太累人了。娘会说家里的两头猪快该出栏了。桔子打定了主意：只带四十块钱走！等安置好了，假期里可以勤工俭学。天色渐渐地有些亮了，小鸟的翅膀快看得清了。

桔子却呀地叫了一声：桔子用手摸来摸去，用脚扫着地面，甚至用手扶着小榆树，却找不到沙堆了！野菊花也不见了；起得这么早，沙子还是没了，还是被人拉走了！桔子蹲下来，睁大了眼睛看着地面，用手摸脚下的辙印儿，辙印儿软软绵绵的，好像还散着热气。

桔子的泪哗啦下来了。

偷了，沙子还是被人偷了。父亲昨天辛辛苦苦、掏力流汗，一担担挑成的一堆青沙被人拉走了。桔子的心疼着，想起父亲趔着脚挑着一担担的沙子。桔子在一瞬间满身都是恼，都是委屈。桔子忘记了孤独，忘记了害怕，她满心满眼都是那一堆方方正正的沙子。她顺着辙印往前走，走一截路，弯下腰摸一摸喧腾的辙印，摸一摸路上的尘土。走到一个河岔时，她停住了。她在想：一定是谁拉错了，天黑看不清，一定是谁拉错了。沙子不会丢的。

一辆机动车从她的走过的路上开过来。她迎着，截住了那辆小汽车，绕过车头往车斗上瞅。司机说，唉，小妹妹，你瞅什么？你要找车吗？

她摇摇头，嗔着脸。她说，不，我家的沙子被人拉了，我看是不是你拉错了，我家的沙子我认得，咬一口都咬不出泥星儿的那种沙。”

年轻司机说，你怎么能这样说呢，我拉沙子都是光明正大的！现钱交易，装了沙子就给人家沙钱。

可是，我家的沙子丢了！

司机探着头，顺着桔子的手指尖朦胧地看到一棵小榆树。桔子说，就哪儿，我家的沙子没了！昨天，爹一担一担挑出来的，爹说，卖了沙子，就该送我去城里上学了。

日头拱出了嫩嫩的小脸，日头旁映出一圈淡黄的光晕，草叶上的露珠更显得晶亮。司机被她说得有些不愉快，扭回头，看看自己的车斗。说，小妹妹，我可是刚刚过来的，你看我的车斗，我刚出来找沙子的，找那种一尘不染的青沙，就是你说的嚼在嘴里也咂不出泥来的那种沙子。

桔子说，我们挖的就是那种青沙。

司机看看桔子耷拉的脸，干脆把火熄了。庄重地说，这样吧，小妹妹，你能给我找一车好青沙，我给你三十块钱。

桔子摇摇头。

司机说，我不怕贵，我给你帮忙费，我们老板急着用，你看我，这么早就开车出来了。

桔子扭回头看朦胧的河滩，想起父亲的盼望，母亲的嘱咐。桔子有些动摇，扭回头对司机说，我试试吧！

桔子沿着河岸走，蹬着细秸秆儿的腿。这时候，桔子才看到路上有好多的沙堆，都是青一色的沙子：有几堆上还卧着几棵草，或者几只鸟儿，没看到沙堆的主人。桔子继续往前走，终于在拐弯处看见一个大叔，脸上还带着疲倦，身边支一辆自行车，他身旁有一个四方方的小沙堆儿，比她和父亲挖的沙堆还大。桔子迎过去，大叔，我问你个事儿行吗？那人笑了笑，脸上的倦气消了几分，这孩子，你咋出来的这么早呀？

你认识我？

你不是叫桔子吗？你不是要进城上学吗？

是啊！

我也是老塘的啊，孩子，只是咱两家离得远，你回去问你爹，按辈分你该叫我老千叔。

桔子转过话弯来，哦，老千叔。

那辆车被桔子喊来，司机从车头里摸出一把钢锹装沙子，老千叔也从草窝里摸出一把锹。桔子想往车上撩沙子，可是她帮不上忙。老千叔说，你歇吧，马上就是城里的学生了，再过几年就是大城市的大学生了，身上别再沾那么多的土气。

装好车，司机给老千叔沙子钱，转到车斗后把三十块钱递给桔子。桔子忽然觉得不合适，摇摇头不要了。拿着吧，刚才听说你去城里上中学，我很羡慕你，好好学，将来考个好大学，给恁老塘争口气。我考过，没考成。

桔子犹豫着接下了。桔子拿着钱，往回家的路上走。一天的日头坦坦荡荡地出来了，秋天的天很好看，一片蓝连着一片蓝，草稞上的露珠镀上了金色。

桔子忽然听见父亲的喊声，桔儿，桔儿。

桔子抬起头，看见了爹，倏然觉得自己很不中用，听见喊声就哭了。爹怎么来了，是知道沙子丢了吗？她惭愧起来，她跑过去，她说，爹，咱的沙子找不到了！她又举着手里的钱向父亲解释。

父亲对她喊，不对呀，桔子！这不是咱家的沙子吗？你看这棵小榆树。桔子愣住了，果然看见了那棵小榆树，看见榆树根儿的小沙丘，沙丘上插着野菊花，菊花被露水滋润了一夜，被阳光一照又开了。桔子侧转身，着急起来，对爹喊，不行，我得把钱还给司机叔叔……

桔子的小脚在路上跑，跑得很快，小手往天上挥，一边跑一边喊着。父亲看着桔子，拉沙车已经跑远。沧河桥上又爬上一列火车，哐啷哐啷……

闻麦子

沧河湾的天顾自蓝着，闻麦子又开始掘沙。他淘金人一样掘着河湾里的沙子，沧河湾里的沙快被他掘空了。

怎么说这条老沧河呢，它对自己是有恩的！让他一直有一种营生干，不至于让他守在家里的日子空虚。都不来沧河湾掘沙了，他还在掘；人家已经嫌掘沙太费劲了，他不嫌。一条河终归是能掘出沙子的，终归还有没掘到的地方；真正的河是不会断流的，河没有断流，沙子就不会绝种，不然河太吝啬了。闻麦子感谢他家的老黑驴，老黑驴每天陪着他，来沧河湾寻找着可以掘到沙子的地方；沙子掘出来，他用一对筐挑到岸边的车上。如果时间早，他赶着驴车往镇上去，或者赶到县城边的沙石市场，在那里等待买沙子的主顾。一起来卖沙、卖白灰的，都是机动车了。在沙石市场，老黑驴另类，也显得孤独。他有时停下来，张望着瓦塘南街，想着五十年的光阴就这样过去了，自己也像沧河，无声的老了。

他感激地看着老沧河，望着闪闪发光的河水。

村里越来越多的人外出打工了，他有泥瓦匠的手艺，但走不开：他的妻子，脑子有时会忽然犯糊涂——这来自于她年轻时，大脑被严重撞伤留下的后遗症。

他就这样守着老沧河，守在瓦塘南街，每天来河湾里掘着沙。

闻麦子家要盖房了。盖房要用很多的沙子：打地基用沙子，砌墙用沙子，粉墙用沙子，打现浇顶用沙子。现在村子里都时兴用石沫，石沫可以买，出到了钱，马上会有人送过来。闻麦子不想买石沫，闻麦子盘算着：掘一车沙子省一车沙子的钱，等攒够了沙子，再趁冬天的淡季把钢筋买了，明年春天就可以动工了。

一家人该住一个像样的房子，起码要宽敞些。盖好了房给女儿、儿子一人买一个像样的书桌，做一个书架。自己读书少，要支持孩子。他去过村里的成老师家，排排场场的一溜儿的大书架，满架的书让人羡慕。数一数，村里有本事走出去、在外边干了事儿的人，还真是沾了读书的光。老院子暂时不管了，等掘了更多的沙，有了闲余的钱再考虑。这房子、院儿收拾好了，预防着给儿子娶媳妇。儿媳妇将来要给脸色看，老两口马上搬回到老院子里住。

闻麦子把一车沙子卸了，门前的沙堆又大起来。他闻见了饭菜的香气和煮黄豆的馨香。老婆知道他喜欢吃煮黄豆，饭桌上几乎不离，煮好了，再用香油、调料拌好的一小盆黄豆。黄豆几乎是年年吃、月月吃、天天吃。他尝了几粒，满意地点点头。听见大门吱呀地响了一声，知道是儿子下学了。他想起女儿：女儿懂事，从小学到初中总是班上的前几名，前年考入了县一中的重点班，住在学校。女儿当时去学校报到时，他是赶着驴车送的女儿。老婆说，要不找谁家的机动车吧，现在谁还赶个驴车去送孩子？他坚持要用驴车送。女儿不反对。他说驴车怎么了？只要女儿将来能考个好大学，我拉车送女儿都乐意。

他抬起头，看见墙上贴着的奖状。

他指给儿子看。

儿子说，有我的嘛！

没你姐的多啊，要努力！

儿子说，我知道。低头扒饭吃。

闻麦子又抬头瞧一眼墙上的奖状，奖状像一幅画，一张紧挨一张地贴在墙上，内容基本上相同，不同的是年份。妻子的目光也在朝墙头上看，好像一张张奖状是女儿的照片，女儿在照片中笑，笑得好看。儿子吃了几口饭，左右看看，父亲和母亲的目光还停在奖状上，说，你们不吃饭？闻麦子赶忙低头搅碗里的面条，叨几颗黄豆，说，儿子，快考高中了。

儿子把一碗面吃完了，看母亲又把面条下到了锅里。说，放心吧，我会考上的。等将来，我大学毕业，有了工作，不让爹再去掘沙！闻麦子心里暖暖的，又低头吃饭。

儿子说，星期天我和爹一起去掘沙吧？

闻麦子说，儿子，你学习紧，不用陪爹掘沙。再有几个月该升学考试了。

儿子吃完饭，起了身，说，我去给牲口添添草。

听见了黑驴哑着嗓子叫。

这天的沙掘得不顺。

两天前的沙坑掘不出沙子了。青色的粗沙突然间没有了，露出的是一个泥层，水从泥层里浸出来，把沙坑灌满了。闻麦子看一眼挖了几天的沙坑，扛着镐、锹，猎人样走在河滩上，找猎物一样，继续在沧河湾里找沙。没有尽头的沧河湾，一会儿狭一会儿阔，细沙旋起的小河风在身后跟着，卵石中的小草一直都在脚下。不时地听见河水中滑入石子的打魂儿声，河滩里掠起银色的小鸟，沧河湾的水，瘦瘦地流着。青草蓬松地长，更多的是不成形的野蒿，蒿树旺盛的地方显得荒凉。不觉间，槐树林被撂下了好远，河滩愈加开阔了，回过头，沧河湾曲曲弯弯的，如此漫长，没有尽头。闻麦子站住，目光渺茫。他想起儿子的话：爹，等我毕了业，找了工作，不让你再天天来河湾里掘沙！他心里头涌起一股暖流，一棵树似的在河湾里站住了。

人，就是这样候着，人能候着就是希望。

闻麦子继续行走在河湾里。老黑驴看见主人在河湾里踟蹰，咔着喉咙高高地叫几声。闻麦子没有回头，不敢看驴的眼，走得看不见黑驴了，挺舍不下的。

这天，闻麦子掘了五个地方，都是徒劳无功。这掘沙的活儿，掘到一定程度，便知道是不是徒劳：那卵石的虚实，铲出的泥土，是不是掘过会看得出来。闻麦子有些失望，有些累，他不知道今天怎么了？去搬搬日历，不会是个吉日。来河湾的路上他还在算——再掘几天，盖房的沙攒得差不多了，有三十多车了吧。他在半路上碰到了汪家林。汪家林把小车停下来，伸出头，手里夹着烟，指缝里钻出小股的烟气。

汪家林说，老闻，你能不能给我送几车沙？

闻麦子拽住驴，问，厂里用啊？

汪家林在村里有一家小耐火厂，闻麦子往厂里送过沙，以为还是往厂里送。

汪家林说，是送到城里，北塘小区。北塘小区你知道吗？就是进了城门，从大槐树那儿再往北的一片新楼。他想起来了，汪家林在城里买了房，正在装修。

汪家林说，我就喜欢咱沧河的沙子。老闻，我要我的新房里有咱沧河的沙子，闻着咱沧河湾的沙子睡觉踏实，吃饭也香。

他在河湾里有些无望，太阳快变成夕阳了。他又在心里骂了一句，这不中用的河，难道连几车沙子都掘不出来了吗？河也这样，说老就老了吗？他扶着锹，锹面晃出一种钝光，他踢起一块卵石，卵石飞到掘过的沙坑里。闻麦子抬起头，朝远处的小桥上望。

一辆小车正摇摇晃晃拐到河滩上的小路。是汪家林吗，这汪家林还要来验一验沙子？来河湾里亲自看一看沙，这么心细。

闻麦子没有想到，自己会走在找女儿的路上。

那天，开小车来河滩的不是汪家林，是县一中的副校长和老师。车上带路的是老婆，老婆一见他就晕倒了，老婆说，老闻，女儿，女儿……话没说完秃噜到河岸上。从那天，闻麦子走在寻找女儿的路上。女儿是从网吧里出走的，女儿很可能是去找了网友，和她一同上网的同学对老师说了。闻麦子没去过网吧，不知道网吧是什么地方，因为找女儿，他才知道原来是那么多孩子都囚在一个屋子里，看着脸前的小电视。他们先在子午城里的网吧找，把子午的网吧找了个遍，没见到女儿。一个同学说，闻小麦说过要去周市。女儿没出过远门，怎么会一下子去了周市，难道就不会约周市的网友过来吗？学校派了一个人，一辆车，然后他们去了周市。就在周市的第二天，有同学给老师打电话，说闻小麦在牧城，闻小麦在QQ上出现了。

闻麦子没想到，汪家林会在他的身边出现，太及时了。汪家林是去他家催沙子时，知道了闻麦子在外边找女儿。汪家林说对闻麦子和学校的老师说，别盲找了，找网管大队！网管大队有我朋友，这事儿他们会帮忙的。

果然，很快就找到了。闻麦子从监控上看到了女儿：女儿疲惫地坐在网吧里，傻了一样，非常可怜。

从网管大队出来，闻麦子忽然拽住网管的手，说，你们，你们用沙子吗？网管大队的人被他问愣了。闻麦子说，我们河里的沙子好，我不知道怎样谢你们，如果用沙子我给你们去掘，给你们送来，我家里有个驴车。

回了家，他赶着车，去给汪家林送沙子，让汪家林等得久了，他有些惭愧。他把门口的沙子，先送到汪家林说的那个小区。一连送了十车，汪家林说，老闻，够了，你不要送了。闻麦子还是倔强地又送了一车，送最后一车时，他把汪家林给的钱坚决地退了。汪家林有点急，跺着脚，说，闻麦子，要知道你这样倔，我不用你的沙子！我买沙给钱天经地义，你天天在河里掘沙容易吗？还要赶着驴车走几十里路。我，我就是要给你沙钱才要你沙子的！

闻麦子还是把钱退给了汪家林。闻麦子说，你帮了我，我记着，做人得知道好歹，要讲良心。汪家林站在小区门口，一直看着和繁华的城市格格不入的小驴车渐渐走远。

女儿开始和他来沧河湾里掘沙。

沙子还是又掘出来了。闻麦子把掘沙的方向往沧河湾的远处挪了挪，挪到了接近那片红房子的地方。闻麦子看见，红房子外边的老灰窑还在，那是当年生产队时的灰窑。那时候他年轻，在灰窑上干，每天把河床里的石头挑到岸上，再装进灰窑。这么多年过去了，自己还是在河湾里掘沙。这天掘了一堆沙子，闻麦子往河岸上挑。老黑驴看见闻麦子的挑子，身子一撅站起来，耳朵抖着，浑身的土和草沫在半空里漾动。女儿往筐里装沙。闻麦子挑了几担，把扁担递给女儿，说，小麦，替爹挑几担吧。闻麦子只装了两半筐沙子，帮女儿把扁担放到肩上。女儿在乱石上走了几步，脚下一趔，还是把担子摔了。闻麦子听见了砰砰嚓嚓的摔动，看见女儿跌坐在河滩里。他心一疼，仰起头，一个日头出来又一个日头隐落了。

还是掘沙，闻麦子的日子没什么改变。

爷儿俩话不多，闻麦子埋头掘着沙。有时候还会无望地在河湾里找着沙窝，掘了又抛下，终于又掘出来，一锹一锹把沙挖出来，往岸上挑。车子满了，赶着驴车往家里送，去城里卖了。闻小麦坐在河湾，坐在沙堆前守着沙窝，手里捧着掘出的沙子。她身边是一把镐、两把铁锹，担沙的筐和扁担。

这一天，女儿挖着挖着慢下来，在乱石的沧河滩里走起来，一直走了很远，走到了沧河桥下。沧河桥是一个铁路桥，她看着隆隆的火车坐下来，目不转睛，一直盯着火车。闻麦子在沙窝旁等着，任凭女儿呆呆地瞅着一列列闪过的火车。他看出了女儿的心，女儿和他在河湾里掘了一个多月的沙了。他的眼前出现了墙上的那些奖状。他等着，老黑驴静静地站在河岸上。他抓起新挖的沙，沙子从指缝里流出来，他把最后一挑沙子装好了等着女儿。

女儿跑着回来了，蹬在卵石间的脚步像小马蹄。女儿跑到他跟前停下，吁吁地喘气，在夕阳里抬起头，脸红红的，两道小溪在脸上淌。女儿颤抖地喊了声，爹——接着，他终于听到——他等了一个多月的话：爹，您把我送回学校吧！

还是在沧河湾里掘沙，这是闻麦子的营生。

沧河水粼粼地闪光，河卵石堆出很多的小丘儿，河湾的天顾自蓝着。闻麦子还是掘沙，掘得顺了，一天掘一车没问题。有时在城里卖了沙，他去学校看女儿。

风卷进沧河湾，细小的沙粒卷到风窝子里。闻麦子坐在河湾，等风慢慢地住下来，再把掘出的沙挑到河岸上。

这一天，闻麦子又在等风住。他踱到槐林，倚着一棵树，竟然睡着了。他是累了，掘沙是要力气的，力气被一年年掏空了。一群鸟儿叽叽喳喳在头顶上叫，他才醒来。他听见了欢快的脚步声，看见女儿和儿子正向他跑来，两个小身影，歪歪趔趔在河边的路上晃。

闻麦子听见儿子的喊，从渐弱的风中穿过来，爹——爹——，嗓子喊哑了，爹——爹——爹……

闻麦子挥着手，应着，我在这里，不用这么大嗓门——孩子们，给爹喊魂儿似的，我还要活着当姥爷，当爷爷呢……

儿子说，爹，你先当大学生的爹吧！

闻麦子一下子醒了。儿子、女儿满脸绷不住地看着他笑。不，女儿的脸上分明挂着露珠，晶晶亮亮的，草叶上的露珠挂到女儿的脸上了。

爹，姐考上大学了……

女儿举起通知书。女儿说，是北京，北京大学！女儿高高地举着通知书，举着……闻麦子张开双臂，把俩孩子揽到了怀里。槐林边，老黑驴兴奋地尥着蹄子。

宝根

出门前，他把本来要带的工具都甩掉了：蜡木棍、铁锹、一把生锈的老剑，甚至床底下翻腾出来的把上长了蛆虫的弹弓。在握住弹弓时，他抓住房檐下的一棵楝树，使劲一摇，满树麻雀蛋儿一样的楝豆洒了一地。他开始射击，被射过的楝蛋儿迸溅出一种浓稠的汁液。最后他连射窗上的一块玻璃，哗啦，窗玻璃粉身碎骨，在地上划出成百上千块各种形状尖利的小玻璃。他又胡乱地朝头顶射，楝蛋儿冰雹一样从头顶返回，像在院子里跳舞的雀鸟。然后，啪，他把弹弓扔到了房顶，迎着风，义无反顾地朝老野滩走去。

村子里已经传疯了，说野滩上跑过来一只狼，半夜里叫得瘆人。尤其在大风天，狼的叫声夹带着风的哨音，嘶厉、混浊。有人见过狼的眼睛，饿，挂着血丝。包括狼竖起的耳朵，比风还快的嗅觉。因为想听到狼叫声，他在房顶上坐了一夜，辨认着从野滩的方向滚来的每一丝声音。后半夜起风了，风从老野滩卷过来，裹挟了一种粗闷的呜呜声，但不敢断定就是所谓的狼吼。

这是一片荒沙滩。最初，它是因丰富的藏沙而出名的，四周都是狼狈的荒凉之地，村里人叫它最多的是老野滩。老野滩很大，一眼望不到边际，荒凉苍茫，遍布老野滩的是坟墓样密密麻麻的沙土堆。被风雨洗净的卵石，鬼眼样亮在沙土堆上。每一个土堆下肯定有一个挖空的洞穴，原本都是沙子的老窝。

宝根也是掘沙人，在这片野滩上他掏出的洞穴不下一百个，都是用力气换的，一颗汗一粒沙子。他就这样弯着腰，撅着屁股把坑掘得越来越深，两只手再把沙子抛上去。和别人不一样的，他几乎在每个洞穴都留下了记号，最后在掘干的沙穴里刻下他的名字：宝根！后来，他每年都来找自己的洞穴，他留下的洞穴好像是一百零一个，可每次找到的都是九十个左右，余下的十个好像被鸟儿叼走了。洞穴里，他的名字还在孤独寂寞地等他，有他丢下的烟头、穿烂的袜筒、装过干粮的袋子。还有，还有什么呢？还有，还有时光：他娘的，那种走了再也找不回的，没良心的东西，一阵风儿就把一天刮走了。每一次来，他用指头，用短粗的食指，顺着壁上的凹痕再勾勒一次。他见过风在洞穴里旋圈儿，像转动的陀螺，崖顶和崖壁被风旋得狗舌头舔过一样。

宝根是沿着沧河进老野滩的。河现在基本上干了，他记得河清时的样子：脚丫子放进去，汗毛一根根竖着；扔到水里的硬币，字能清晰地看清。可河一干就邋遢了，没了个形儿。

他不怕狼，狼有什么可怕的？出门之前，他把那把生锈的破剑，那柄短刀都呼呼啦啦扔了。他娘的，都是累赘。不但不带，而且嫌扔得不解劲，蹿进了村外的旱井里。他是一个孤独的人：有时候孤独就是一种劲儿，孤独的人，深处都有一种东西，孤独惯的人最喜欢的其实就是孤独。所以在来野滩时他最终放弃了给任何人打一声招呼，既使死在野滩上有什么可怕？风会给自己卷个坟墓！他来到这个世界上差不多就已经孤独了，他不记得娘的模样，父亲是死在从野滩到家的路上，头枕在筛子上，灰白的头发扎进了筛眼里，四仰八叉的，脸上倒很安详。尔后就是他背起父亲的筛子，来了野滩，和村里人终于把野滩挖空了。

媳妇是从野滩上捡来的。那时候，还到处都是沙子，他大约已经挖了七八十个沙穴了，沙穴上竖起的小墓丘已经能叠成一座山，被他尿净的小石头能装一火车了。傍晚的阳光有气无力，夜晚出没的动物蠢蠢欲动，风又在野滩里作闹了。他从筛眼里瞅见了女人：野草一样蔫着，远足的狗一样，眼里有一种乞求。他站着，想起刚在洞穴里又刻下的名字，刚刻下就碰上这女人了：女人的鼻梁高高的，手里握着一把沙，像一朵孤独的花。

几天后，他发现女人是一个美人儿。他没有问她的名字，他就喊她，唉。喊，喂。经过几天的休整，她恢复了元气：额头和鼻头亮起来，牙齿白起来，脖子又长又白，脖颈的后边有一层淡淡的茸毛，头发一洗，扑扑棱棱似春季发情的柳枝——乌黑飘逸。娘的，好看得让人发懵。

后来女人走了，和他不到半年的时光。女人恢复元气后，他就知道这女人迟早不是自己的女人。他反而心宽了、坦荡了。缘分是命，顺其自然。别人捡到女人都要步步守着，沙也不挖了，好吃好穿地哄女人，还千方百计地把女人的肚子鼓起来。他没有。他照样出门、照样挖沙子、照样早出晚归、照样挖空一个洞穴，在崖壁上刻上自己的名字。只是他把房子收拾了、粉刷了、院子里清理了，种上了花，种上了草。他当然喜欢女人，当然愿意女人留下来，让女人给他留个孩子。每次出门，他其实心里恋恋的：摸一把挨过女人身子的肚皮，扭过头看女人的慵懒，看女人长长黑黑的睫毛，女人散在枕边的长发。女人走了，给他留下一封信。他回家时，信放在橱柜上，灶上是烧好的最后一顿晚饭——熬好的粥和炒土豆。他没有去追。没有像张小河：女人跑了，站在大街声嘶力竭地哭喊，让村主任在喇叭上喊，全村的奔马、摩托、自行车乱马刀枪地去撵。他没有，他很平静，这是预料中的，早知道的结果。几天后，村里人才知道女人走了。他只是跑上房顶，望着越来越迷蒙的村路，在房顶上站了一夜。

他不再来老野滩。沙滩挖空了，沙滩上的沙子都远嫁了，沙滩真正成为远近闻名的野滩。瓦塘的年轻人都扛起包裹出去了。有一天，他本来也要走的，街门都锁上了，可他忽然又犹豫起来，撂下包裹，站在房顶看拉人的车远去。他瞅着老野滩，想着要是再有几场山水，还会成就一个丰沛的大沙滩，原先的沙子就是洪水冲刷过来的，汹涌的洪水是有威力的；这儿对着一个山口，苍莽的沧河就是从山的深处发源，沙滩让瓦塘人有了多少年的营生。

沙滩野几年了，该治理了，可就这样一直野着。乡里说，谁带头治理野滩就发展他当干部。他的心动过。别看他闷闷的不说话，但在瓦塘，是有人信他的。有人信他，是因为父亲在村里就是最让人信的：父亲是一个五大三粗的人，却心细，话不多，一句话砸一个坑儿。那几年，野滩的挖沙秩序都是由父亲主持的。后来，父亲走了，挖沙人很自然地把他推到了主持的位置：哪一片乱了，他一步压一步地走过去，用眼用蛮力用短促的几句话把事儿镇住。沙滩每年都会有被砸或遇险的事，他喊几声，把遇险的人，快速地掏出来、送出去。那已经是最后，沙滩上的沙几乎空了。

他已经过独了。每年深秋，他去野滩看他的沙穴，心会宽起来阔起来。要是真当干部非他妈把这荒滩治了，还有荒了的沧河！让沧河再淌出姑娘眼仁一样的清水，撂一枚硬币能映出字来。他伸手抓着头顶的野鸟，手尖沾住羽毛尖儿时，鸟儿飞高了，鸟儿和他开了一个玩笑。

真的有狼吗?

那一年，姚老三的大儿子被葬在沙坑里，姚老三疯了。他把那孩子从坑里挖出来，扛到了家里，帮姚老三把儿子葬了。姚老三疯疯癫癫的整天往老野滩跑，在老野滩喊儿子。喊着喊着，竟然有人应了，说，爹，我在这儿挖沙子呢，你等我，我们一起回家。他出来，一副姚老三儿子的打扮，慢慢地走近姚老三。天快黑时，他搀着姚老三一步一步地往家走，和姚家人哄姚老三睡下。姚老三有个小儿子，他把挖沙钱攒着，供姚家的小儿子上学。那孩子大学毕业，有了出息，把姚老三接走了，姚老三也慢慢好起来。姚家的孩子每年都过来看他，给他买很多的东西。倒是他过意不去，不让孩子再来。

他成了一个怪人，每年都去老野滩过一段日子。每一次他扛着行李，往街上走过时，一街的人夹道地瞧着他。过半个月他回来时，那被子老样子扛着，村里人打俏他，没再碰上个女人？他说，碰了，在沙滩里等我哩。我们去把她抬来吧？轰轰烈烈地办场婚礼！他说，那儿挺舒服哩，甭管别人的闲事。

那年，他提前去了老野滩，是为了老皮。老皮是从老野滩失踪的，老皮失踪和一个陶罐有关：老皮说他看到了一个陶罐，本来是要等到天黑才抱到家的，可再也找不到陶罐了。老皮闷着头，夜里也不离沙滩了，把一双手都扒烂了。他过来找他，说老皮你告诉我，你到底找啥？我帮你找。老皮不说话，老皮又从家里掂来了一盏马灯，马灯儿近成了古董，老皮在夜静下来时，才开始在沙窝里翻腾。老皮后来才对他说，我的陶罐可能谁已经掏走了。宝根不信，宝根说，老皮你看着我，我再一个一个地给你挖。宝根又挖了一个月，老皮彻底失望了。一天，老皮随一辆拉沙车出去，失踪了。宝根一直在老野滩等老皮回来，宝根一边等一边挖着沙子，想着什么破陶罐，把一个人的魂儿弄成这样。每天傍晚，他坐在坟丘样的沙堆上，有时候坐在见到那个女人的地方，想着女人现在到底会在哪儿。

他在老野滩待了将近半年，吃住都挪到了野滩里，自己都成一粒沙子了。掘沙人越来越少，他不怕，固执地掘着沙，帮老皮找着陶罐，几乎又把老野滩翻了个底朝天。村里人过来劝他，说你上老皮的当了，都没掘到过陶罐，他老皮长了三只眼，陶罐会在这地方吗？咱这里什么时候出过这老玩意儿。

老皮是被抬回来的，在工地上出了事。老皮的家里人找到宝根，带着惭愧。说，宝根叔，回吧，哪里有什么陶罐，陶罐在他的床底下，他带到了工地，没有人要，他夜里用来撒尿的。宝根没怪，又在老野滩住了几天，才回到村里。

这一次是为狼来的。第一个夜晚他睡在沙穴里，半夜时被野兔的叽叽声叫醒，趁着月光他看见草窝里的野兔正在分娩。他慢慢地挪出沙窝，对兔子喃喃着，哥儿们，冒犯了，冒犯了，对不起。他退到野滩上，深夜的野滩一片苍茫，但就是没有村里人说的那种狼叫。第二天，他在另一个洞穴里摞石子，记录他来野滩的日子，在刻着自己名字的洞穴里吹一种口哨。几天了，他把野滩快走遍了，野滩上的草长得旺盛，野菊花弥漫着香气。他要证实野滩上到底有没有狼，野滩上的洞穴太多，狼藏在任何一个洞穴你都不可能看见。带的干粮吃完了，他开始吃野果、野菜、吃野樱桃。他想过回村里一趟，但回去又怎么样，还没见狼一根毫毛呢，连像他口哨一样的狼声也没有听到。他在野滩里找过蹄印，野滩上的土太轻，脚印是刻不下来的。

这一天夜里，大风起来了。野滩上的石头哗啦啦滚动，沙土飞扬，像要翻天、出大事了。到处是风哨声，把他的哨声淹没了。他从洞穴里出来，在风中寻找着号叫。他仄着耳朵，嗷——终于，他的心要蹦出来了。说不清是恐慌还是期盼，他在漫无边际的野滩上奔走，风把耳朵、鼻孔都塞满了。嗷，呜……他隐约看见一个小建筑物，那是在野滩的西北角，那里有半间房子，隐在一片沙窝里，不知道啥时候建的，号子样的号声就是从那儿传过来的。他站住，辨认、谛听。风疯狂地刮着，月光在风中蓦然明亮起来，又暗下去。他看见了一团黑影，已经离他不远，和他对视着。腿忽然抽筋了，娘啊，真有狼！

等他鼓起勇气时狼离他更近了，狼的蹄子跷起来，毛在风中耸动，狼支立着两条腿，像用两条腿走路，前边的两条腿似乎已在做扑杀状。他惊悚地往后退了几步，就在这一退中，月光从风沙中挣出来，他倏然看见了对过的狼是站着的。

他浑身一冷。等他回过神来，终于有了说话的勇气，但声音是很细的。

你是人吗？

…………

你是狼吗？

又一阵风刮过来，月光又藏了起来，风往他的嗓子里灌。

他又似乎闻到了一种呼吸，这种感觉一步步验证着他的预感。

你是人——

你是狼——

你到底是人——

你还是狼——

他的声音沙哑了。

…………

你是狼吗？

你是鬼吗？

你是……

他朝着对面大吼。

嗷……又一阵号叫！

你到底是谁？

好久好久，“狼”忽然哭了，接着又是一阵嗷声。

他听着对方吼，歇斯底里，肚里有一个海也能吼破。

哈哈，你是人！哈哈，你是人啊——

他像一个胜利者哈哈大笑！

他没有了畏惧。

哈哈，你是人啊，我还以为我要被狼吃了呢。

不知道哪儿来的勇气，他抓住了对方！不知道是怎样跨过去的。他抓住的是一把荒草，他以为是狼身上的毛，又顿然悟出是对方的头发长成草了；他闻见了对方的汗臭味儿，一种土沙的燥气和野草的腥气。哈哈……他一阵大笑，狂笑。

哈哈哈，你这个狼，你这个家伙，怎么不叫了？怕我了，还是想成为我的朋友？他娘的，要不我跟你在野滩上过？让风和石头做我们的证人。

对方把他甩开，后撤了几米。

一阵沉默。

他又向对方，向那个“狼”扑过去。

一步，两步……

对方忽然哭了，哭声像风钻进狭窄的瓶子里：粗野、沉闷，在瓶肚里盘旋。呜呜，呜呜，嗷……

又是吼，对方退到了身后的一个高岗上，荒岗上野草晃动。

他迈不动步，一时间被对方镇住。

他闭上眼，听见了远方的狼吼。

风沙弥漫，天地苍黄。

他摸一下脸，脸上长出的也是一大片的草。他站着，想听对方说话，可对方沉默着。双方僵持，风还在狂着。后来，忽然有一口气想冲出来，头一扬，他也竟然在风中吼，吼了——那样的狂放，似在释放抑制已久的郁气，从嘴里喷出的是漫天的风沙……

哈哈哈，对方在笑。

呜……对方又吼起来。好像终于找到了一个知音、一个对手。

夜色更浓，风卷着野滩，弥漫着……

瓦塘人不认得他了。

他肩上驮一件沉重的东西，走近了才看清是背着一个人。他张开塞满风沙的牙，把手里的野菜扔出去，野菜的香气在村里弥漫。他说，野滩上的野菜真好吃，野菜长疯了，你们挖了去城里卖。他说，这几天，我一直在野滩上，你们看，我找到一个两条腿的。再有风，你们就没有福气听到狼吼了。

他把门踹开。把肩上的人扔到床上，说，家伙，这比那儿好多了！

他又把门踹上。

坐下来，瞅一瞅床上睡去的家伙，他开始打量自己的屋子，屋子里落满了灰尘，从他射坏的玻璃那儿：尘埃、树叶、蝴蝶，灰翅膀的麻雀正陆续地往屋里飞，旁若无人，好像不知道主人已经回来。我会再把玻璃装上的，不会再让你们这么自由！有一刻他睡着了，后来他睁开眼，似乎被一个梦惊醒。他匆匆地跑出去，打开门，看见了一缕缕阳光，脚下是他摇下的楝蛋儿，房顶上正有一对鸟儿飞过，一只花翅膀的喜鹊喳喳地叫了两声。他忽然对床上的呼吸说，我要上房了。

直到几天后，他才让村里人上门。这时候，背回来的人已经干干净净。村里人看见：原来是一个女人，还算清秀，年龄不大。大家问，不是原来的女人吧？宝根，你闻过她身上的味道，是不是原来的那个？宝根不想说话，后来说，你们真傻，看这个女人是什么模样？宝根也是第三天才发现是个女人，那时候他歇过了劲儿，叫醒了躺在床上呼呼大睡的人，让她起来洗洗。又是一声大吼，才听出来有些异样，等女人说了话，看清了模样，才知道真是个女人。宝根给她烧了热水，让她洗了身子，自己躺到了外边一张小床上。女人慢慢地恢复了正常。

宝根说，我闻什么味儿，她如果像那女人，还放她走。

大家说，宝根，你老大不小了，能守住守住，我们给你办个婚礼！

宝根摇摇头。

大家说，宝根，你不能再傻！

宝根说，别管我，强扭的瓜不甜！

几天后，宝根和女人又回到了老野滩。这是女人提出来的。

大家找到老野滩，看到宝根和女人坐在一堆乱石上。他们身下是搭起来的一个沙窝，铁镐和锹搁在他们的身边。老野滩里是一望无边的、一堆堆沙丘，零零星星的野花从乱石缝隙里蹿出来，散漫地开着，远远地闻到一种香气。

大家喊，宝根，我们来放喜炮了。鞭炮声就响了起来。

吉祥

那样的日子还是来了，三爷家的牛闻到了异样的气氛。

牛叫吉祥，这是三爷起的。十年或者二十年前，吉祥还没有自己的名字，三爷把它从集市上牵回来，给它换上了一副新笼头，把老笼头和缰绳还了人家。这是乡村的规矩，卖牲口不卖缰。那时候吉祥还是一头小牛，身子光滑，耳蜗里闪着嫩毛，走起路来往往把放它的主人撂开好远，蹄子扬过一溜的小坑儿，雨天里小坑灌满亮晶晶的水，冒着小蘑菇样的水泡儿，小石子扔进去一片水花。它啃草的劲儿大，那气势，是恨不得一嘴把河滩都啃到了它的肚里。夜里吃草呢，也不挑食儿，到底年轻，牙好，胃口就好。吃饱了，咕咕咚咚饮半桶水。后半夜院子里静下来，瓦塘南街静下来，村里村外都静下来，吉祥也静下来，扯一扯缰绳，卧下去，轻轻地闭眼打盹儿。

往往，好多的日子它等待着主人的使唤。它喜欢三爷一家，三爷一家善良，善良的人对牛也是一样。每一次它从地里回来，三爷和三爷一家好像有愧，对它说，看把你累的，真对不起，今天多给你撒把料吧。夜里三爷会过来几次，把草给它拌匀，多撒几把细料，就是那些玉米、大麦或者玉米磨成的粗粒，饮它的水里多撒了几把麸子，就像哄孩子在白水里放几勺白糖。粗糙的手捋捋它的毛发，慢声细气地对它说，吃吧。这让吉祥有一种感激，在乡村，在瓦塘南街牛是吃粗草粗料的，一般得不到这样的待遇，它是进了一个善家，一家人都像三爷样善良，柔软，心眼儿好。有时候吉祥身上使出了一层厚汗，三爷找一块毛巾抹着它身上的汗水，三爷自己扇几下扇子再朝吉祥扇，吉祥不知道说什么好，不知道该怎么回报这一家人。

吉祥原来的名字不叫吉祥，吉祥原来的名字就叫牛，和瓦塘南街和所有的牛一样。吉祥的名字是来三爷家的第二年起的。吉祥来三爷家第一年，三爷去沧河滩开荒，沧河滩没有水了，或者说水变得很细，像一根麻绳。河滩里的荒都快被开完了，角角落落都种上了东西，大部分种的都是杂粮，最小的荒片种上了几棵红薯或者几秧梅豆、南瓜什么的。三爷开的荒在三爷家的地南头。大块地都是用机械犁耙，小块地拖拉机派不上用场，坑坑洼洼的，下不去地。三爷用了老犁，赶了新买的牛，一大片荒地，两天时间被开出来了。三爷在荒地上种了谷子，秋天的时候谷穗结得又粗又长，像玉米棒子，沉甸甸的。三爷高兴得每天往谷地里跑，独自念叨，今年喝小米汤有谷子碾了。对牛说，等你生小牛犊也给你熬小米汤喝。三爷在谷地里绑了个稻草人吓小鸟儿，麻雀不怕稻草人，笑主人，什么时候了还用老把戏，观念太跟不上节奏了。三爷又用长竹竿绑个大长鞭，小鸟儿一来就揉鞭子，小麻雀不怕稻草人，怕实实在在的鞭梢，鞭梢可不是吓人的，鞭梢掠过去伤住了就扫了翅膀，扫了翅膀小麻雀就飞不成了，飞不成的鸟儿就不是鸟儿了。三爷去谷地的时候赶着牛，瞅着满地的谷穗对牛说，这都是你的功劳。吉祥仰头看被赶跑的麻雀，哞的叫一声。谷子割下来牛又帮三爷把谷子拉回家。

第二年春天，牛为三爷家生了第一头犊子，柿黄色，干干净净，高高大大的身骨。三爷一家高兴，为它熬小米汤喝。喝过了，三爷说，这头牛买对了，给咱家带来福气，带了吉祥，你看它犁过的地，谷子长得多好，生下的小犊更漂亮。那一年三奶还在，还健康着，对三爷说，给牛起个名字吧，别牛呀牛呀地叫，牛也是咱家的一口哩。三爷一家都附和，觉得这个提法对，就揣摩着该叫牛什么，给它起个什么名字。起来起去，三爷家的大儿子说，你不是说它给咱家带来了吉祥吗？三爷一拍大腿，对，吉祥！吉祥！那一年的春天吉祥就叫吉祥了。

那头犊子后来三爷把它卖了，很不舍得，这是一头小吉祥哩。可三爷家的日子紧巴，一家人的日子得往前赶哩。一头小犊换来几千块砖，三爷家慢慢把东屋翻盖了，三爷家的大儿子定了亲，得有个像样的房子娶媳妇。转眼间吉祥在三爷家待多年了，吉祥又给三爷家带来几头小吉祥，一头头小吉祥都去了别人家，也不知道人家叫不叫它们小吉祥。在生过几头小吉祥后吉祥有些老了，再往地里走，不再踩得地嘣嘣响，蹄子叩地不那么深了，啃草的动作迟钝起来。三爷呢，头上落满了白霜，掂一桶水都有些喘气了。还有，三奶已经在几年前走了。三奶是个好人，为这个家操劳得很辛苦，近几年身体说不支就不支了，后来就只能眼巴巴地在院门口晒太阳。有时候吉祥看着她心疼，有时候吉祥不忍心看她病怏怏的样子。三奶走的那天似乎有一种预兆：院里的草垛忽然塌了，平白无故的，呼啦啦摊一片，慢慢地把院子里摊满了。也是的，什么事都有个征兆，三奶就坐在草垛边，快被草垛埋住了。吉祥哞哞地叫，扯断了缰绳，一抻头拱开盖住了三奶的草，它的哞声把三爷和家里人都叫来了，三奶睁了睁最后的眼，看一眼三爷，看一眼吉祥，扯了扯吉祥的缰绳，走了。

三奶走几年了。吉祥陷在回忆里，吉祥来这个家多年，要回忆起来是很长的，可以写一部传记一本小说，拍一个连续剧了。老牛卧着，老牛的眼被阳光照得有些困，它眯着眼，想起河滩的荒地，想起那一条瘦河，河常常让它想起很多。河是牛的河，是羊的河，每次出门，在主人丢开它的时候，它会不知不觉地跑到河滩上，看着这条流着一股瘦水的河、牛的河、羊的河，也是人的河、鸟的河。它注意到鸟在河床上飞翔，在河滩开会，比赛着谁先飞过河床，这不是村西的沧河，是村东叫芒河的河。牛喜欢这条河，喜欢在河边喝水，喜欢看水中那个和自己长得一模一样的老牛，长长的耳朵，扑闪着黑眶的眼睛，短短的犄角，它就禁不住叫上几声。老牛知道这河还是羊的河，它有时候静静地看着对岸的那些羊，一身白的羊，它们和自己一样，喜欢守着河滩，啃草、喝水，看自己的影子。

这些内容是吉祥在冬日里咀嚼的。吉祥反刍着那些草，把日子也翻来翻去的，像主人一样数着藏在心里的日子。吉祥是曾经蹚过那条河的，那一天主人躺在河洼里睡着了，秋阳照着他装满皱折的脸，主人的一只手抓着胸口，鼻毛穿过粗糙的鼻孔，三叶草在主人的身边扭，秋天的蝴蝶掠过几丛野蒿飞远了。它蹚过芒河，河的最深处把它的脖子埋住了，它伸高脖子，仰高自己的嘴巴和鼻子，终于蹚到浅水处。它一个快步踩到岸上，在对岸抖落着身上的水星，水珠儿一滴滴落在草上，就在抖完水珠时看见了那头牛，白脖子牛已经在岸上等它了。那一年它就想着生一头白脖子样的牛，白脖子在阳光下招人好看。它哞的低叫一声，白脖子牛怜怜地站它后边，心疼地舔它身上的水渍，好像在说，水已经凉了，不能再这样蹚水了。吉祥怜怜地扭过头，看着多少次在对岸凝眸的同类。事实上它后来又几次涉水，再后来果然生了一个白脖子的小犊儿。它对白脖子的小犊格外心疼，格外爱抚，可白脖子小犊还是卖了，卖得很远，这是由不得自己的。那个白脖子老牛呢，在它生下白脖子的小犊后，再也没有见过，两年前它又产下个小犊，该说到这头小牛了。小牛叫小吉祥，小牛犊随它，一身的黄，生下这个犊时，它知道自己可能不会生了：这头犊生得太吃力，浑身的乏，似乎到了更年期，要腰干了，不中用了。它就觉得对主人有一种愧欠。那头小牛被邻村的亲戚家借走了，小犊儿是刚认的套，不知道懂不懂鞭子，牛这一生，该拉的套你一定得拉，你可以不认命，可命中经历有时候违拗不得。小牛犊是一个水牛，和自己一样，主人看起来没有出手的意思，要留着牛犊产犊儿了，和自己一样，等一个又一个犊儿产出来，小犊儿在三爷家会有自己的地位，那时候自己已经走在黄泉的路上，小牛犊真正成为留在三爷家的小吉祥了。吉祥这样想着它走到了屋前，隔着窗等待着小牛犊小吉祥回来。

就在小吉祥回来的那个夜晚它听见了沙沙声，一种类似于下细雨的声音。

老吉祥仰起头，想起一次他挣脱主人跑进的那片沙滩，沙滩旁边有一片槐树林，两个女人在滩上挖沙子，锨头铲进又抽出沙坑，有一种金属摩擦的微响，响声让心里痒痒的。吉祥在努力回忆沙沙的声音，吉祥从沙沙的声音里听出了一种不祥。那样的日子终于来了，一直预感要来的日子终于离自己越来越近，它记得在母亲离世时它就提前听到了沙沙声，母亲开始惶恐不安，开始格外地舔舐自己，目光迷离中有一种留恋，在嘱咐它要自己保重。那时候它还不知道这沙沙声的厉害，不谙沙沙声的暗示，直到母亲走了，直到有一天它看到了钉在墙上的那张皮，它的泪哗哗地倾泻而下，它才又努力地回忆听到的沙沙声，在月光下，在月光深处，在主人家的石榴树下。沙沙声时断时续，从沙沙声传来的地方有一缕火星子，是主人在吸烟，那种老式的烟袋锅儿，听见烟袋锅磕在脸盆上，接着是撩水声，是主人弯腰一起一伏的身影，是从那儿传来的沙沙声。它想起老母牛走时的踉跄，对它的回头一瞥，含情脉脉的眼，它的心禁不住一阵战栗。其实小吉祥不应该回来，三爷不应该让小吉祥回来，不应该让它在多年后听见这沙沙声，回忆这沙沙声。它无心埋怨三爷，三爷家的日子过得紧巴，三爷的小儿子要办喜事，要很多钱，在商量着是不是动杀时三爷一直沉默。三爷低沉地说不舍得不舍得，它自己要老去自己老死了我们无可奈何，我不愿对它动手，太不仁义了……吉祥感谢三爷，可人是人，牛毕竟是牛，最终还是免不了成为刀俎。吉祥在心里感谢三爷。

吉祥在夜里爱怜地看着和自己在一个槽里的小牛小吉祥，在歪过几次头后终于挨近小吉祥。孩子啊！它的心一疼。小吉祥是两年前生的，和自己像一对姐妹，一个模子印出来，都是柿黄色的皮肤，短犄角，蹄子上有一圈白，眼朝远处看时有些走神。它想起去年的秋天带着它往地里去，路两边是无边无际的庄稼，庄稼上是湛蓝无际的天，头顶的鸽子像画在蓝白相间的布上，掠在一片绿海里。老牛停下脚叫一声，庄稼叶在嘴前嗡动，叶的响声低低的，有水流的音律。吉祥有些被它们打动，想蹿进去好好地体味，在庄稼地里不出来，它听见小吉祥叫了一声，傍在它身边，也学着它往地里看，仰着头。那一天是去村东的芒河，吉祥教着小吉祥去河边勾水草吃，一起高兴地看着主人往地里去，说又是一年的好光景，你们看玉米的叶子多干净、多宽大、多景人、齐刷刷长得多好。主人往地深处走，小吉祥不懂事，跟主人钻进地里，把庄稼蹚翻了一片，咬住嫩叶嚼。老吉祥在后边唤着它，替主人心疼着庄稼。可小吉祥执拗把几棵庄稼蹚倒了，主人说，小牛，你怎么了？你疯了，你是不是欠揍，是不是想挨打，你把它们蹚倒就直不起来了，直不起来就是多少个玉米棒被毁了，棒槌大的玉米棒子，一长出来多景人啊。小吉祥你怎么这样坏，你怎么这样不懂事，你怎么可以这样糟蹋庄稼，叫人心疼啊。小吉祥愣着愣着，后来终于安静下来，惭愧地往外走。老吉祥严厉地拱了它几下，哞哞地号叫着小吉祥，噗噗地喷着重鼻生着小吉祥的气，对小吉祥说，跟着我，别乱跑！小吉祥似乎知道自己错了，慢慢地跟在它后边。

小吉祥懂事好像是从那一天开始的。

这样想着老吉祥把身贴近了小吉祥，怜爱地看着小吉祥，嘴里哈出一口气往小吉祥身上哈过去，然后它张开唇，伸出舌尖，在小吉祥的身上舔抚着。它记得它小时候就是这样，被母亲爱抚着，身上痒痒的很舒服。还有老母牛临走的时候，它不谙世事，那几天母牛就是这样一直在它的身边静静地看它，亲吻它、爱抚它、鼻子里喷着粗气。现在又到它这样了，生命轮流，幸福和告别就是这样轮转的。现在它也要告别这个世界、这些青草、这些无边无际的庄稼、告别主人，主人的一家，告别小吉祥了。它舔着小吉祥，舔着舔着泪哗啦出来了，黏着它的脸颊，顺着脸颊淌，落到地上。泪有时候就是这样情不自禁的，似乎生离死别的时候马上到了。后来小吉祥有些可怜有些懵懂地看着它，哞哞哞，低低地叫。老吉祥在心里说，你还小啊，孩子。后来都累了，睁开眼时一轮圆圆的小日头又照到西墙上。

三爷在白天把老吉祥、小吉祥都牵到了沧河边，沧河边的青草发黄了，一股瘦瘦的水在沧河的古道里流，慢流，冒出来的青石被几场秋雨洗得发亮。吉祥和小吉祥自由地踏在河滩上，啃着从河洼从石缝间拱出的老草，这时候所有的牲畜吃草都会按照自己的技巧用舌头卷草的叶子，硬硬的草茎不好吃了。三爷坐在一高处，倚着一棵老树，慈祥心疼地看着吉祥。吃吧，吉祥，老吉祥，吃一天就少一天了，和我一样，为什么都要老呢？吉祥，对不起，你的命运比我不好，临死了要挨刀，要被人宰，而我而我们这些人是要老死的，是病死的。三爷想着想着觉得这样想累，累得都不想坐起来了。其实三爷辈分大，也不过才六十多岁的年纪。三爷说，我得去为吉祥找一把嫩些的草，犯了事的人据说在临刑前还有一顿美食吃。三爷知道哪里可以找到鲜嫩些的草，他下了河道，去了一片大树下的阴凉处，找到一处老潭，临近水的地方草不会老得太快，还有一种扁叶的青稞子，更嫩。三爷慢慢走到了潭边，他弯下腰，这时候他看见了吉祥正嘚嘚地朝它跑来，小吉祥哞了一声跟上了老吉祥，小吉祥的蹄子把淋过的青石都溅起来一片。三爷停住了手，他的身边已经有几把拽出来的青草，是那种青稞子。蹄声越来越近，三爷从吉祥的眼里窥到了它的情绪，吉祥是在操自己的心，操主人的安全，三爷拽草的手慢下来。

可是，那种日子是挡不住的。

时光一天天挪过去。

一个夜晚，三爷来了，三爷坐在一包干草上，神情有些伤感，定定地看着吉祥，说，吉祥啊，要是你能喝酒就好了，咱爷儿俩好好地喝几盅，叙叙旧，攀攀心头的话；反正，反正，你对我有什么怨言，有什么委屈好好地说出来，尽管地说出来，咱解释开，不要在心里藏着。三爷吧嗒了一袋烟，慢慢地三爷絮叨起来，都是吉祥以前的事，什么开荒立功了，什么大雨天三爷赶它路过一个桥，天黑路滑，车子往河里坠，吉祥死死地叩住蹄子，把犄角挂在桥头的栏上，使劲挣，车没有滑下去，保住了他的命；什么河滩里捡石头，起早贪黑，拉石头盖起了西屋……什么……

小吉祥在一旁听着，听出了吉祥的伟大，它看见母亲听到连气都不敢出，只是用眼和三爷交流着。小吉祥听出了话中的诀别，小吉祥的心不安起来，在心里猜度着。后来三爷走了，吉祥拐过头，不声不响地走过来，舔抚着小吉祥。那种舔抚里是暗含着眷恋暗含着诀别的。

几天后的一个黎明，三爷又打开了牛屋的门，把一层晨雾裹进来。三爷呼啦解开了吉祥的缰绳，把笼头和缰绳干脆扯下来。三爷打开了屋门，把吉祥牵到门口，再牵到大街上，吉祥这才明白不是要它拉主人去什么地方，吉祥想是不是那样的日子提前了，几天没听见沙沙声了。

吉祥到大街才明白，他误会三爷了。三爷甩了手，三爷在它的脖子里拍了两下，又拽拽它的耳朵，对它说，走吧，最好走得远远的，最好连夜跑到一个想去的地方，一个人和牛没有区别的地方，走吧，去逃个活路吧！吉祥拐过头，好像没听懂他的话。三爷啪叽狠拍了一巴掌，吉祥这才撂开蹄子。

奔到一个杨树林，它站到一个坟茔前，是三奶的坟。它站着，阳光很快就要出来了，树林里结着莹莹的露珠，一颗、两颗、三颗……露珠中有一种秋天开放的花，野菊花。它弯下腰，从花茎处轻轻叼过去，花晃动着露水，露水往顶着露水的草上滴，花嫩嫩的被露水滋润着。它把几棵野菊花叼到三奶的坟头，它看了看，又折回身，又叼下去……近处的叼完了，它到远处去叼，它就这样叼着，叼着，把三奶的坟头叼成了一个大花圈，金色的野菊花萦绕在三奶的坟上，阳光的金线穿过树林，然后分叉，树林里亮堂起来，麻雀叽叽喳喳在枝头啁啾，它扭回头看见了小吉祥……

老吉祥和小吉祥回来是在一个阳光灿烂的午前。

吉祥没有跑，没有跑远，它不想让这个家失望，不想背叛这个家，不想！与其远走他乡，不如就结束在主人的家里，这是命，牛的一生都是这样过去的。这几天它陷入回忆，想着主人的好，主人一家对它的好，主人一家都是善待自己的，对善待自己的人，它不想背叛。牛也是讲良心的，懂得什么叫善待，什么叫回报，如果对不善待自己的人家，那会是另外一种。所以说吉祥又回来了，把小吉祥也带回来了，即使走也不会把小吉祥带走的，那样太亏待主人，亏待三爷这样一家的人了。实际上吉祥只出去一个夜晚，它算着日子就要到了，三爷家的气氛浓得都化不开了，三爷的孙子要把新媳妇娶回家了。它没有跑远，从三奶的坟前离开，它跑到了河滩上，跑到了经常和白脖子牛相望的那个河坳处，它在河边一直望着那个方向，想着和白脖子生下的小牛犊，那个白脖子的小吉祥。它的心翻动起来，几声哞是轻声叫出来的，像呻吟。它干脆越过右边的桥，过了桥下了对岸的河滩，找到刚才它望的地方。这一次它的泪终于下来，它在对岸望着它刚才站着遥望的地方，听见河水一声声、一股股往远方流。它想着，要是能和白脖子的小吉祥见上一面多好啊！这样想着，它蓦然地叫了起来，它叫着，小吉祥小吉祥……白脖子的小吉祥……它哒哒哒地往前跑，顺着河岸，跑到了河岸边的一个村庄，站在河堤口，哞哞地叫着，身边的小吉祥也跟着叫。始终没有听见小牛的回音，没有小牛跑出来。它有些失落地站着，河口的风吹过来，脖子里的鬃毛吹竖起来，它就那样任风吹着，迷惘地在村口等，愣愣地站着。

它后来又回到此岸，沿着河滩漫无目的地走，它想走遍它所有吃过草的地方，走了差不多过了两个村庄的距离，它想着差不多了，吃草差不多就这么远，再走离瓦塘南街远了。它带着小吉祥折回头，对小吉祥说，往回走，往回走吧！小吉祥有些茫然地跟着，迟疑着，不想让老吉祥回，又不得不跟着走。老吉祥想去看看主人家的地。三爷家的地有三块，东地有一块，离芒河近；西地有一块，离沧河近；还有一块也在西地，离村庄很近，是原来的菜地，现在种成了一片杨树。如果再有，就是当年的荒地。吉祥先去离芒河近的地，这时候满地都是刚露青的麦苗，大地辽阔无边，一望无际。老吉祥很准确地找到主人家的地，它把一泡长尿一泡粪拉到主人的地里。它凝眸着青色的、青涩的麦苗，多嫩多葱翠的麦苗啊。吉祥目测着地的距离，吉祥记得自己用蹄子数过，足五百多步，这是长度，宽度有长度的一半吧，或者不足一半，也就是两百步左右。现在是小麦，小麦也过冬，春天的阳光一晒就葱茏起来，那个季节小麦简直是摽着劲长的，蹿得格外快、返青了、拔节了、灌浆了、抽穗了，一个热热闹闹的夏天来了。接着秋苗从麦垄间蹿出来，庄稼地又是一茬葱翠……

它在地里站着，隐隐听见河水的流动，河水慢慢地流到脚下，潮润着脚下的大地。吉祥离开东地，又去了沧河边的西地，去了最初开的荒地，甚至去了村西的小树林。不知不觉一个夜晚来了，吉祥决定带小吉祥在田野里过一个夜晚，一个宽宽大大、无遮无拦、无边无际、无际无涯的夜晚，一个铺满星光铺满月光的夜晚，一个秋风拂过大地、虫物鸣唱、小鸟划过夜空的夜晚……

阳光灿烂，吉祥视死如归地回到瓦塘南街，坦然地走进主人的院子。

那样的日子终于来了。

和往常没什么两样，只是觉得天要冷了，往更凉的秋深处走。先一个夜晚主人悄悄站到它的面前，烟缕袅袅地在牛棚里缭绕，幻成一个个烟圈儿，悠悠地往高处往房顶往房墙上那个阳光经常穿过的窟窿处缭绕。有时候几片烟雾几个烟圈缭到一起，在空中抱住，似乎商量着什么，要把牛屋严严实实地罩到云雾里，要把吉祥裹到谁也找不见谁也看不见的地方。吉祥仰起头，像看透了烟雾的心思，有些感激。主人手里拿了一把刷子，轻轻地扫它的身，一下下，一片片轻轻地扫着，吉祥感到了舒服，一种舒坦。好久，主人的手不停地扫，不停地刷，后来吉祥从主人的手里感到了一种颤抖，吉祥抬起头，看见了主人眼里的泪光。吉祥别过头，看到了一轮将圆的生命中最后的一轮月光……

生离死别的时刻到了。

阳光亮亮地照满村庄，没有风，老牛要走的日子没有风，一丝风儿也没有，没有！村子里格外静。早晨它又听见了沙沙声，沙沙、沙沙，像河风刮动一层细沙。接着院子里有了说话声有了更多的脚步，有了阳光的晃动声。屠夫请来了，高高大大，高门大嗓的屠夫，手里拿着主人递给他的一盒烟，嘴里叼着淡黄色的烟嘴，烟雾从屠夫的嘴里吐出来。屠夫的眼瞪着一棵椿树，椿树上的叶子还绿着，屠夫用脚尖挑起脚边的锤把，铁锤上沾着一层干了的血迹，这是用来砸牲口的额头穴位的。吉祥看见从地上返出来的一道光，大概在锤的旁边，吉祥知道自己的最后也是需要几道程序的，活了几十年的生命不会那么简单地走完，任何生命最后都有一番的折腾，不肯痛快地罢休。吉祥想，自己最后一刻可能也会这样，即使视死如归，已经想的坦然，真正在最后的一刻来临时也许没有那么单纯。吉祥闭上眼，还是有嘈杂声越过耳膜。它又把眼睁开，多看一眼吧，看一眼赚一眼，到另一个世界，再转生的时候也许多这一刻的见识，见了三奶好给三奶说说。屠夫朝椿树走来了，屠夫的手里还攥着一把绳子，一把粗壮的棕色的麻绳，脚步声越来越响。矮得快挨着地儿的草垛此刻落满了鸟儿，从来没有落过这么多的鸟儿，但没有鸟声，一声也没有；鸟都聚到一堆儿，屏息静气地等着什么，似在送行，行着一种仪式……它找着主人，找着三爷，它找不见三爷，它是想最后再看一眼三爷的，它扭过头四处搜找着。没有，它只听见了小吉祥嘚嘚的脚蹄声……

在屠夫朝它走来时它哞——的一声。

生离死别的时刻真正到了！到了！

可刀找不着了。

刀呢？屠夫声嘶力竭地大叫，刀呢——刀呢——

刀呢——

屠夫的粗脖子疯狂地扭着。刀呢——刀呢——

屠夫好像疯了。

吉祥在最后一刻看到了小牛小吉祥！院里人把目光都对准了小吉祥。

小吉祥在垛旁静静地卧着，哀怜地盯着母亲，刀紧紧地卧在它的腹下，小牛小吉祥的身上浸满了血，在地上流淌……

双水桥

一

夕阳从河面上往下沉，林小香又去了双水桥。

林小香是在等弟弟，那个叫林小水的弟弟离开家已经两年了。

就该说到两年前的秋天，村里的大喇叭说开始征兵了，说一人参军全家光荣，大喇叭很响，树上的一群鸟儿惊惊乍乍地从这棵树扑扑棱棱往另一棵树上飞，更重要的是想当兵的孩子心都慌慌乱乱的，林小水就是其中的一个。林小香知道弟弟一直在等，弟弟仰头瞪眼看喇叭的样子让她都有些心疼。小水慌张往村部跑，像一头奔跑的小马驹。和他一齐报名的还有两个同届毕业的高中同学，好像他们是商量好要一齐去外边的世界闯一闯。其实暗地里的想法大家都是知道的，他们是想圆了入学深造的梦，是想去部队上考军校。村委会在十字路口的北边，一个四面盖着老瓦房的四合院，一棵大桐树遮天蔽日地竖在院子里。林小水第一个报了名，似乎争个第一当兵的事儿就板上钉钉了。林小香是最看得出弟弟举动的，弟弟脸上的喜气像雨后湿地里拱出的小蘑菇，蘑菇的顶上冒出个小尖尖。弟弟的眼被窗外的阳光灌满了，林小香的心也被阳光哗啦啦照亮了。林小香知道弟弟从学校毕业就一直在等待着这一天，弟弟在学校一直是一个优等生，可他上高二的时候母亲因那种不好瞧的病住了院，家里的日子一下子难起来，父亲四处讨借背上债。弟弟毕业的那年春天母亲去世了，林小水这一年落榜回到瓦塘南街。林小香知道弟弟如果复读一年是能考上大学的，可家里的情况不允许，不是父亲想不开，是林小水想开了。

弟弟是在村外的小堤上看着他的同学杨小铜和刘小耐戴着大红花离开瓦塘的，大红花妖艳地扎着他的眼，林小水这时候的心情无法形容，复杂得很，一把刀扎到了他的胸口上。本来水到渠成的事儿就这样毁了，已经铺开的路就这样断了。堤上的椿树叶和榆树叶纷纷地栽下像一片剑，野鸟儿不管林小水的情绪在树枝间鸣啾着。林小水流着泪看着两个穿着军装的同学坐在突突冒烟的拖拉机上，村里的干部和两个人的家长要先把他们送到镇上，镇上再把他们送到县里，然后去送他们上火车。林小香站在小水的身后，紧紧地拽着弟弟，又把弟弟的手挽在自己的肘弯里。林小水挣脱了，两只手使劲地往地里挖，要挖出水了，头栽下去抵住泥土，在泥土里拧，拧出一口井，林小水的泪往坑里汪，哗哗啦啦的，整个脸拱在泥坑里，呜呜的哭声从泥窝里迸出来。小鸟儿还在叫，叽叽喳喳的麻雀和黑翅膀的楝鸟儿从堤上划过。林小香抓住一把土朝鸟儿投过去。

要是带兵的不去家访，不进奶奶的小土楼就没事儿。可问题就这样出来了，人要不顺的时候半路上就会杀出个程咬金。两个来家访的兵都年纪轻轻的，绿军装、绿军帽、红肩章，真叫人眼红，腰杆挺得直直的像一棵树。林小香看着他们都有些愣，弟弟穿上军装也会一样帅，他想象着弟弟穿上军装的神气。弟弟的体检和证审都已经通过，好像一家访弟弟就该换上军装，通常的情况都是这样的，一换装就算入伍了，穿上军装身上就带着自豪，走路的姿势也开始不一样。在心里对入伍青年有好感的女孩会躲在暗处，眼小鸟觅食一样往那身绿上瞄，脸上悄悄就有了两片红，会千方百计想法靠过去，或者捎信约个地点，把一件握在手里的礼物塞过去。实际上那意思已经明白，当兵的人就知道家乡有个女孩儿在牵挂，心里对村子多了一层依恋。再往后当兵的青年就要穿着那身绿去走访自己的亲戚，亲戚们在孩子离开家前也会过来看一看，送一件礼物或者几句嘱咐，毕竟是沾亲带故，毕竟孩子对自己有一个称呼，毕竟孩子一走就是离家多少里就是几年。家里的酒席呢，有祝贺也有别离的气氛。林小香觉得弟弟基本上要走到这一层，在心里已经开始酝酿对弟弟的牵挂。她暗暗地已经在为弟弟缝鞋垫，一针一线缝得很细致；并且准备好料子再为弟弟做一套内衣，没有母亲她就觉得这些都是自己分内的事，不做好心里就过不去。那几天他尽量地多守着弟弟，尽量地多看几眼弟弟，好像弟弟的身上已经膨胀出一双翅膀，翅膀上的羽毛正丰满着，羽毛一满就要腾空出去，也许这一走就是千里万里。可弟弟的事竟然卡壳了，怎么说呢，这就该说到家访，带兵的竟然去奶奶的屋里了，那时候奶奶从楼梯上刚摔了一跤，躺在她的土楼里。带兵的站到奶奶床前时奶奶先是不说话，后来奶奶忽然流泪了，奶奶的声音里夹带了一丝哽咽，你们看见了，我现在的这个样子你们如果让我签字我是不会的，我一辈子都不会签自己的名儿，我只认得秤杆上的秤星儿，我一辈子守寡，我男人几十年前就死在充军的路上，我不想挤眼时少了我的孙子。我是说，我要是快不行了你们能放我孙子回来吗？

这就让带兵的犹豫。然后奶奶又补了一句最恶毒的话，就是这一句把小水毁了。奶奶说：你们把我孙子带走我就跳井！奶奶又补充说：我不想让我的孙子再去打仗。

带兵的说：现在是和平年代了。

奶奶说：你们别骗我，哪有当兵的不打仗？

我们带的是技术兵。

什么兵都是打仗的。

老奶奶，您的孙子在校学习好，当兵会有前途的。

有前途也是打仗。

奶奶又说了一遍那句恶毒的话：你们把我孙子带走我就跳井。

父亲是这时候进来的，父亲说：娘，你说了什么？你说了什么……

弟弟真的没走成。

父亲有一天对躺在床上怄气的弟弟说：小水，不要把原因都归到你奶奶身上，我估摸着还会有另外的原因，我哪一天问问村长去。林小香低着头偷偷看一眼弟弟，斜斜的目光看着弟弟的头，弟弟的娃娃脸，弟弟的高鼻子，大眼睛上边的两道浓眉。吃饭的时候她悄然地把饭给弟弟端过去，甚至有些愧疚，有些低声下气：弟弟，姐求求你，把饭吃了吧，其实咱爹也是没有想到的。站在身后她轻轻地扫着弟弟还显狭窄的肩。

天已经落下凉意，上年龄的人已经披上棉袄，风三天两头地刮进村子。弟弟有一天黄昏进了她的屋，他说：姐，我要出去！林小香的眼砰地睁大，往哪儿去？不知道！不知道？对，我得出去，姐，我不出去在家要憋死了，我会憋出病来，姐，我一定得出去！弟弟从内衣里掏出两页信，信纸掏出来带着一股热气一股汗味，林小香接过时手里还熏熏的。弟弟说：我走后你把信交给咱爹和奶奶，你放心，我会好好的，我是一个男人，不想憋在家里，以后就让姐在家多受苦操心了，我会挣钱了，爹就不用再那样辛苦。

她一时愣着，两只手来回揉搓着，眼直直地瞧着弟弟。后来她伏在弟弟的耳根劝弟弟：小水，听姐姐的话不要走，你走了我会放心吗？还有咱爸、奶奶都那么大年龄了，人老了都这样，都搂自己的孩子，她的心也是为你好，听姐姐的话好不好？这样说着她竟然抱住了弟弟，手抓着弟弟的膀子，在弟弟的膀子上摩挲，像一个母亲抱着自己的孩子。小水已经有泪，说话的声音已经变调，哑哑的。姐，不是，我不能再囚在家，我想出去，出去走走，一家人不能这样整天守着，这样守着真不是个滋味。姐，我真的得走，我已经决定，不然我就要憋死了。小水把脸往姐姐的脸上抗，泪已经流成小河，脚底下流着汪汪的河水。小香紧紧地抓着弟弟的手，看着弟弟，好像要把弟弟看个够，好像怕把弟弟忘了。小香说，就要走了，你一定要去看奶奶。

弟弟从身后掏出来一件东西，是一套装在塑料袋里的粉衬衣，很庄重地端到姐姐的面前；姐，你出嫁时如果我不回来，这就是我送给你的礼物。她忽然又把弟弟的手攥紧了，一低头“呜”地哭出了声。弟弟，你别走好不好呀？我出嫁的时候你怎么能不送姐姐呢？到时候你怎么能不在姐的身边啊，瓦塘南街谁出嫁的时候有弟弟的不去送？我可就你这一个好弟弟呀！你怎么能让姐孤单呢？你怎么能那样狠心呢？林小水擦了一把林小香的泪。姐，我只是这样说说的，我说不定很快就会回来，姐的终身大事我怎么会不参加呢？那样的日子还远着哩。

这天的深夜林小香想再去看看弟弟，她生怕弟弟小鸟样一耸身飞走了。推开门，她看见一个黑影在奶奶的门前跪着。

她是第二年的农历十月十九嫁到青塘的。是嫁到青塘后开始来双水桥的。

二

林小香定期要回的是瓦塘南街，钻进小土楼，伺候病中的奶奶。听奶奶咯咯的咳嗽声，听奶奶用力地从床上爬起来拐杖艰难地捣着地。有一次奶奶让她上楼，拿放在老柜里的一件衣裳，她在楼上看着那个老柜，油漆已经掉光了，老气横秋的有些阴森。她上了楼顶，在楼顶看着遥远的村路，看见朦胧的双水桥，河床上鸟儿的影子。走下楼时奶奶半躺在那把老柳圈椅子里，眼半合着，手里握着那根拐杖，她一节一节地往下走，走一节，奶奶的拐杖往地上墩一次。奶奶后来对她说：香子，是十二节楼梯，这么多年了还是十二节楼梯，一辈子了还是十二节楼梯，你看我在地上划了十二道印子。林小香趴在奶奶裆前，闻到一股潮湿霉斑的气味，她伏在地上辨认，仔细地搜索拐棍捣地的印痕。她其实根本看不清什么痕迹，她对奶奶说：奶奶，是十二道印子，是十二节楼梯。

奶奶的腿恢复后，八十岁的老人竟然在每天的傍晚都拱到楼顶，林小香在家时是林小香挽着奶奶一节一节地登楼，像上一架山。奶奶说她能看见两个人的影子，一个是爷爷，一个是小水。奶奶上楼像一只破茧的蛹，在高高的土楼上，奶奶的手里握着一副马铃。奶奶把那副铜铃放了几十年，那是爷爷最后留给奶奶的，是爷爷最后一次随一个马队路过瓦塘，他不能停下来，他挥着泪解下马铃留给奶奶，从此爷爷了无踪影。奶奶在楼顶摇着铜铃，喊着两个人的名字，全村人都能隐隐地听见铜铃的回音。在风天铜铃传得很远。

有些事情是无法描述的，林小香想不透奶奶竟然去了双水桥，那三寸的小脚是怎样一步一步挪过去的，而且她的腿是曾经摔过的。双水桥距瓦塘村有七八里的路呢，奶奶已经是八十一岁的人，竟然还能走到桥的那头，那样老的头竟然还能探着看哗哗流动的河水，那样白的头河里恐怕连个影子也不会留下，白发像纸幡一样在桥上飘，脸上的皱纹耷拉得快挂住桥栏了。她问给她报话的人拐棍是个啥样子？人家说，那拐棍太老了像一个大问号。她慌忙地往桥头跑，没有看见那一头白发，她认为奶奶掉进了河里，掉着泪往河里瞅，恨不得跳下去在河里摸一摸。她往瓦塘的路上跑，追上了父亲正用三轮车驮着奶奶，她一下子就哭了。幸好奶奶没有跌倒，幸好奶奶没有在河里晕倒。

奶奶回家又病了。

其实林小水是回过一次瓦塘的，就在去年的秋后。林小水回到瓦塘时天已经黑透，黑色的树一簇簇像黑翅膀的云，光阴从树缝里钻出来，时光的流动就是这样无孔不入，剑一样的锋利又棉花一样柔软。他本来是可以早一点回到村庄，可他提前从国道上下了车，他下车的地方毗临一个老火车站，京广铁路上一个叫双岗的小车站，小站早已不停火车。

火车站有几分荒漠，蒿草萋萋，高高的蒿草和狼尾巴蒿在风中摇动。两年了，他好像成熟了许多，也是这种日益的成熟使他逼着自己回一趟家，对奶奶的那种怨恨似乎被思念流浪的日子泡淡了。他的身材长高，脸膛上多了一层铜色。两年来他一直在流浪：先是去了郑州，在郑州飞机场附近的工地上打工，干了一段他讨厌了那种和泥扔砖的泥水活，在家里整天就是和泥土打交道，毕业后他看着空阔却又寂寞的土地，摔打浑身的尘土时，他想的就是要去寻找另外一种生活，找寻另外一种生存的方式。后来他和另一个伙伴从郑州到了襄樊，到了南宁，然后从南宁辗转天津。在天津他进了一家洗车部，在洗车部他有了结识另一个老板的机遇。那天那个老板是开一辆广州本田雅格进了洗车部，然后掂着包匆匆地往外走，临走时交代说一小时以后过来开车。这个关节外边又开过来一辆小车，小车开过洗车部时有些失控，竖在墙根的一根钢板被撞翻，纵空翻转着向夹包的老板砸过去。来不及多想，他向老板扑过去，钢板"嘣"地砸在林小水的身上，从他的背他的小腿上滚过去，老板的身体斜倚在洗车部的墙壁上，身上溅了一层明亮的水渍。林小水被送进附近一家医院，在医院躺了十天，洗车部每天派人来护理，那个被救的老板每天都给他送去一大篮的鲜花，花篮里有白色的玉兰，红艳的玫瑰，还有几朵淡黄的野菊。他说不清那些花儿包含的意思，透过野菊他蓦然想起家，想起父亲，奶奶和奶奶的小土楼；想起睡在坟茔的母亲，想起姐姐，他握着花篮流出泪水，好像是出门以来第一次流这么多的泪，泪水像一条小河在他的鼻凹间淌过，哗哗地不可抑制。他强烈地想念家，想念姐姐，想这样肆无忌惮地流泪。在病房里他对那个老板诉说他因为想当兵离开家乡的过程，他说完老板紧紧地抓着他的手。出院那天是那个老板来接的，把他从洗车部夺走了，为了他两个老板发生争执，最后他还是去了那个老板那儿。洗车部的老板弄了个热烈的饭局为他开了个送别宴会。

老板姓丛，叫丛大华，当过兵，任过汽车排的排长，刚办了一家汽车修理公司。林小水从此就在汽修公司落脚了。现在他已经开始真正地学技术，老板像对待小弟弟样地待他，每天再忙都过来看看他，在他的背上拍一下，有时候带他去外边吃饭，对他说，小兄弟你好好干，现在都是吃技术饭的。这一点让他很感动，让他觉得心里暖暖的。他就觉得辗转几个地方来天津来对了。

离开双岗火车站，他一直沿着田野间的一条小路走，他甚至穿过了小双村北的一片杂树林，踏上了另外一条叫沧河的老河滩，他还没有决定究竟去见不见奶奶，在火车上时他就仰着头一直想这个事情。幸好，一路上没碰见一个村里人，陪他走的就是满野的青草和天空中的几只鸟儿。他站到双水桥上，似乎看见了暮色中奶奶的小土楼。

是在双水桥踌躇后来了青塘的。

看见林小水，林小香的身子筛动起来，嘴唇颤抖得啪啪响。其实她刚从双水桥回了家，她两只手使劲地把弟弟搂过来，搂到自己的怀里，好像林小水不是她弟弟，而是出去终于回来的她的孩子。林小香的喉咙里冲出嘤嘤嗡嗡的声音，林小水的泪水也破了堤。终于听见姐姐的责备：弟呀，你咋还知道回来呀？还知道拐过来看姐呀？这样的怨声和抽泣声持续了很久才平静下来，姐姐从盆架上掂过盆子给弟弟倒水，在弟弟洗脸时又抓过白瓷大茶缸为弟弟倒开水，拽过条几上的糖罐子，在弟弟过来阻止时她已经往缸里抓了三捧。然后她审视弟弟，发现弟弟已经是一个大孩子了，胡子已经往唇上粘了，耳蜗里生出了一层小细毛，孩子的稚气似乎没有一分一毫了。她攥着弟弟的手，弟弟的手变大变硬了，指甲里藏着星星点点的油污。弟弟看姐姐的发型，不再是披在肩上的那种，颧骨高峰上的那片红晕浇上了一层淡黄，嘴唇变得干裂变得发厚，眼圈似乎镀上一层淡晕。姐夫呢？姐姐说：农闲的时候他怎么能在家呢，你姐夫怎么能闲得住呢，他到外边打工，他的电焊算半把手，在一个工地当焊工。

她突然问小水：回过家吗？

林小水摇摇头。

连村里也没有回吗?

他说：回了，但我没有踩家门。

弟弟的眼里藏着一种神色，她圆圆大大的眼睛明明亮亮地瞪着弟弟。她对弟弟说：你走后奶奶慢慢地恢复了，她现在可以拄着拐杖走路，她在村里格格颤颤地走，有时就颤颤巍巍地去了瓦塘的村口。奶奶这一辈子是信佛的，逢年过节的祷告中都不忘为她的孙子祷告，祷告孙子的平安；奶奶说如果不是当时不小心从楼梯摔下来就不会说那些不利你的话。咱爹吧，常年都是为庄稼辛苦，农闲下来他也是歇不住，去就近的工地干活……这样说着弟弟很认真地听着，直直地盯着姐，等姐的话停下来，他看着姐，说：姐，我……我……你说我现在咋办呢?

姐站起来，在屋子里来回踱着，然后她对小水说：那咱回家吧。姐说着推出了自行车，他默然地跟在姐的身后，已经静下来的夜里听见自行车的链条声，脚步已经染上潮气。走几步小水拽住了后衣架，他叫一声姐，叫声里带着几分秋后的夜气，眼里带出的是几分的犹豫，仿佛蓦然间瓦塘在他的心里和眼里又变得陌生。他不知道那层疏离怎么还固执地藏在心里，怎么又忽然地拱出来。

姐不想难为弟弟，姐想弟弟既然回来，回家反正是注定的事。她扶着把脸扭过来瞅着月光下的弟弟，远处有几声鸟叫。她说：你在家等姐好吧，姐先去给爹报一声。

林小水在淡淡的夜色中看着姐骑上自行车。

这天夜里林小香和爹很快就回到青塘，自行车撞开街门就大声地喊着，但没有见到林小水。林小香最后看到茶几上的杯子压着一封信：姐，我走了，刚才我去了同学明亮家，在明亮家听到一个消息，说刘小耐和杨小铜都考上军校了，两年前的那批兵是部队特意在农村招的一批高中生，有基础的在部队都得到了重点培养。我不想回瓦塘了，不想看到那个小土楼，告诉父亲我以后会回来看他的……

三

双水河雄浑起来，水鸟儿不怕水的雄浑，一趟趟掠过河床。林小香出去了，在奶奶来过双水桥后。结婚两年多，她第一次出远门，第一次把青塘的这个家关紧，锁紧了，第一次舍得这样长离开双水桥，舍得把膝盖高的秋苗儿撂在家里让它们独自往上长。她背着行李，在一个早晨站到双水桥上，好像和河水作一次告别，她仰着头看一只小鸟儿在一轮晨阳里飞过河床，然后她背着行李往河的北岸去，走得义无反顾。回来的时候庄稼苗儿已经膀头深了，秋叶儿宽宽大大的，已经甩出红缨儿了，谷穗儿已经把谷棵儿压弯了，一群麻雀叽叽喳喳站在谷棵上。她的身上还是背着出去的行李，走过双水桥时作了短暂停留，好像对双水桥说了什么。夕阳把余光投进河水，河水返出一层淡淡的金黄。不久，河岸的树丛挂满了月光和星星，河面呈现出一片晕白色。有人看见和小香一齐回来的是她那个叫小水的弟弟。走过双水桥林小香脚步在前直接往瓦塘的方向走。林小水拽住姐姐，说：姐，你走的对吗？林小香说：对，我们直接回瓦塘南街。林小水，我们是说好了的，我们不去说不定会后悔。

迟疑了一下，林小水的脚步匆匆起来，后来他超过了林小香，他的目光已经看见那座小土楼。他还记得老板对他说过的话，回去照顾奶奶，看看父亲，你放心，我会等你，还有你的工资我会照发。

想不到父亲把他们拦在村外。

父亲把他们带到村外的一个果园里，果园里洒满了果树的香气，浅浅的夜色中果园是一团团树蓬的影子，果枝坠弯了。父亲站住，定定地盯着两个孩子，重重地目光落在林小水身上，仰起头，叹口气：孩子，你不能回家，不能见你奶奶！

为什么？

父亲别过头，抓住一棵树枝，听我的话，先跟姐回青塘！

爹！

听我的话，和你姐回青塘！

林小水呜的一声哭了。爹，你不原谅我吗？爹，我要见奶奶，我跟姐回来就是要见奶奶的，奶奶那么老了，还去双水桥，爹……她毕竟是我奶奶，我一点也不怨奶奶了，爹，我会好好地学技术，爹，我回来就是急着看奶奶的，你让我们去……

林小水说着，拔开腿往外跑，好像是有预备的，父亲一把揽住了。

爹！林小香也狐疑地看着父亲。

父亲低下头，说：我知道，孩子，我什么都知道，那是我的娘啊，你们越是爱奶奶，越是不能去见你奶奶啊！父亲倚在一棵果树上，话说得很严厉。

姐弟俩在果园里迷惑了。

父亲又重重地捺住林小水，摩挲着儿子的头，头抵着儿子的额头，抚摸着儿子的肩膀，儿子的膀头宽大起来。他说：孩子，你是想让你奶奶死，还是想让奶奶多活几天？

林小水愣怔地看着父亲。

父亲说：孩子，听爹说，事情呢就是这样的，你奶奶现在就是被一口气撑着，这口气就是等你，等她的孙子，她整天都在这样念叨着。知道爹的意思吧？你不能让奶奶散了这口气。

可是，奶奶她想见我呀，可是，我想最后和奶奶说说话。

爹说：孩子，我知道，我会懂得怎样做的。

林小水把头抵在一棵果树上。爹把姐弟俩都揽在怀里。

四

这个叫小水的孩子两天后的一个黄昏还是偷偷爬上了奶奶的楼顶，他不想就这样遗憾地离开家，不想守在姐的家里想着瓦塘南街的样子，现在他真的想那一头白发，白天的时候他一直在姐姐家的院子里徘徊，后来他对姐说他要爬楼了，无论如何要去看看奶奶。他把姐姐的思想做通了，他对姐姐说了他苦思冥想的计划。天一黑姐姐就洗涮清了，猪栏里的两头猪也喂过了，姐姐又找来气管把自行车充了气。接下来夜色就沉沉地下来，好像一块布把一个物体严严包住，好像天上的星星是从包裹的厚布里穿破的一些小窟窿。后来林小水把自行车推出去了，林小香在后边锁住街门，然后姐弟俩在夜色里往瓦塘的方向去。

他们把自行车放在同学家的院子里，又从同学家里扛起一个竹梯子，夜色和星光从梯子的方格中钻过来钻出去。竹梯子竖在奶奶土楼的墙上，被挂破的墙皮哩哩啦啦地落在地上。弟弟踩着梯子先上了一个小墙头，然后又在姐的帮助下把梯子拽上去，梯子放在楼前的胡同里，二楼的中间有一个小拍门，就是那种木板做成的小拍门，从小拍门钻进去就能看见楼下的奶奶。林小香看见梯子放进胡同，弟弟踩着梯子下到院子里，然后梯子挪到那个小窗口，弟弟的头又从胡同里探出来，弟弟的手轻轻地去推那个小拍门，小拍门是虚掩的，这是姐姐白天专程过来做好的手脚。林小香在深秋的黄昏里看见弟弟的身子离开梯子，在黄昏里为弟弟吊着心。

林小水轻轻地踩在楼板上，他自己的心能听见那些细微的声音，从楼板的缝隙里他看见一缕微弱的灯光，奶奶病后这低度的灯光彻夜明着。然后他轻轻向楼门方向走，现在他的脚上只穿着袜子，他咬着唇把楼门轻轻往上挪，他告诉自己挪开楼门就能看见躺在床上的那个老人，楼门慢慢地被他挪开，他把身子趴在楼门边，他的两只眼向楼下凝聚着，他看见了奶奶，奶奶好像安详地睡着了，奶奶床头的小香炉还在冒着几只小火星，他还看见了奶奶的枕头旁搁着一挂小铜铃，铜铃在微弱的光线里返出光。他看不清奶奶的皱纹，但他看见奶奶的头发真是白透了，像冬天的雪一样白，奶奶简直就像一个老雪人。林小水的泪是这时候掉下来，那一串泪水他再也管不住，任凭它扑嗒嗒掉在楼板上，像秋天深处的一场雨，一滴滴落在荷叶上。他捂住嘴，不让哭声跑出来。好像是遇见了鬼，他的嘴被一只大手捂住，不是这张手他的哭声真要出来，他简直要让自己的情绪放任自流。他没有往回扭头，他已经知道是父亲，父亲可能发现梯子悄悄地跟着他上了楼，他在模糊中还是看着楼下，看着躺在床上的那个枕着一头白雪的老人，他真的想一直这样地看下去。在朦胧的夜色中他听见一个微弱的声音说：回去吧！那声音是从声带的气里带出来的，他在那一双大手的引导下蹑手蹑脚地向后退。他们挪到了门旁，门外是闪着星光的秋夜，爷儿俩恋恋地又停下来。然后奇怪的事情发生了，他们听见了楼梯声，听见一个声音在点着楼板，他们都屏住气，提着心惊异地回过头，屏息听着神秘的声音，咚，咚……咚……林小水用心跳声数着楼板，一下、两下、三下、四下……渐渐楼门口晃出一个头影，林小水和父亲看见一头雪白的银丝……

孩子，快拉住，你奶奶——

父亲说。